成語典故植物學

潘富俊◎著

【推薦序

從塵埃裡開出花來

典故是柔軟的生活，不是生硬的知識

黃秋芳

我們不一定要知道成語、典故，沒有了這些，生活還是可以好好繼續。

只是，每一天上班、上學，睡覺、醒來，偶爾覺得無聊、寂寞，有種無從突破、整個人都被「困住了」的淡淡悲傷時，打開書，理解一點點成語、認識一些些典故，讓不同時空的一些人、一些事，成為話題、釀造記憶，形成丈量生活的嶄新依據，實在是有趣又有意思的事。

比如說，學生送我一對宜興杯，宜興就是古時候的陽羨，我們就這樣聊起〈陽羨書生〉。傳說，許彥挑著鵝籠穿過陽羨山路，遇見一位因為腳痛跌坐在地上的書生向他求援，可不可以讓他坐進籠子裡搭個便車呢？這是個多麼奇怪的問題啊！許彥還在發傻，書生已經鑽進籠子裡，咦？書生沒有縮小，鵝沒有驚嚇，籠子沒有變大，也沒有變重，這個發生在西元三百年前後的玄奇故事，換現代語氣來讀，應該有機會擠進像《盜墓筆記》、《鬼吹燈》這一類的暢銷書系裡吧？

如果拍成電影，一開場就很搞笑。接下來，許彥挑起鵝籠上路，直到中午才靠在大樹下休息，那書生從鵝籠子裡鑽出來，決定招待許彥吃個大餐。許彥當然得負責扮演目瞪口呆的啦啦隊小配角，看神祕又帥氣的大魔術師表演「荒郊野外吃大餐」這種讓人又驚奇又開心的大戲，只見他從嘴裡吐出銅盤，裝著各種世上罕見的美饌佳餚，接著又吐出個心愛的美女陪兩個人開心地大吃大喝，直到書生累了，就大方地躺下來，舒舒服服地睡起養生午覺。

美女看書生睡著了，也吐出個小祕書，和許彥一起說說笑笑。沒想到，書生翻了個身，好像要醒過來了，她急忙吐出一道錦屏遮住小祕書，想辦法安撫書生，為他拍拍背、唱唱搖籃歌，讓他好好再睡一會。這時，小祕書也想表演「吐人魔術」，果然又吐出一個很小很可愛的小姑娘，這三個人都很寂寞，所以特別珍惜在一起的時光。

忽然，一聽見書生傳出即將醒來的聲音，小祕書急忙吞下小姑娘；錦屏後的美女也警覺地提早起身，吞了小祕書。這時，書生也起床了，他吞掉美女和整桌酒席盤碟，最後才不好意思地向許彥道歉：「本來想小睡一下，沒想到睡這麼久，你一定很無聊吧？這樣好了，我把這個大銅盤送給你當紀念。」這個下午，好像只是許彥的一場大夢，只剩下這個大銅盤上刻記的「東漢永平三年」，權威得好像做過古董鑑定。

在宜興杯裡注入茶水時，溫暖的煙氣，讓我們想起親朋好友間餽贈的牽繫。這些美好的記憶，如果融進更多一點點典故，從許彥和他的鵝，想起愛鵝的王羲之；從鵝這個字拆開來的「我」和「鳥」，聯想到「天空沒有侷限，我想要飛」的渴望，甚至延伸到「和我同飛」的浪漫期待；也可能因為這個人吃人、每個人藏著祕密，你不了解我、我也只能遠遠猜測你的荒涼世界，對照起眼前簡單平凡的小日子，更能發現各種值得我們珍惜的美麗。

一段又一段小典故，烘焙著各種關於生活的理解和聯想，像走過神祕花園，記憶夾在流光皺摺裡，有時對照、有時比較，還有更多握緊又鬆開的了悟。每一個日子的刻痕，像一顆又一顆小種子，黏附著生活土壤，有一些曾經以為珍惜的，靜靜消失了，有一些不經意的偶然，卻悄然種植在心裡，慢慢發了芽，這樣閱讀、寫字的過程，多好啊！

成語是連續的線，不是破碎的點

喜歡和孩子們一起，在成語、典故的異時空裡，發現一般人很難做到的心志、毅力和典範。習慣在閱讀時建立起不同面向的立體視角，常拼貼著從春秋、戰國到三國的離亂和奮鬥，這些時空人事，簡直就是成語典故的「大本營」。在白板上，列出「孟嘗君；馮諼」、「董卓；呂布」和「司馬懿」三個對照組，問一問孩子們認得誰？想透過各自分享的小典故，交錯成一場不是計畫得來的繁華，感覺自己也化身為陽羨書生，找一棵大樹，坐下來，輕輕一張口，吐出漫天錦繡，和所有認識或不認識的人，辦一場讓人驚奇的宴會。

沒想到，無論是收集天下英雄的「國際學舍」大老闆孟嘗君，還是曾經是孩子們心目中「天下第一」的呂布，這些人，孩子們誰都不認得了。也許課業壓力太大，或者是因為閱讀模式改變，孩子們對世界的理解更淺化了，有孩子開心地說：「其中有一個人，打破過水缸。」

啊，這孩子把司馬懿當做司馬光了。我們以前讀書，從范仲淹「斷虀畫粥」、歐陽修「畫荻識字」到司馬光「破缸救友」；從曹操「狼顧」短評、「死諸葛嚇跑活司馬」到「司馬昭之心」，總是一整面、一整面地認識「時空群組」，任何學習面的相交和碰撞，都將交會成美麗而充滿個性的「連續的線」。現代孩子在學習單和測驗卷的集體制約中，切碎了學習的整體脈絡，任何交會，都只剩下一個又一個「破碎的點」，所以，當我們循著時間線，深入介紹「雞鳴狗盜」、「長鋏歸去」、「焚債買義」、「狡兔三窟」和「高枕無憂」的小典故時，藏在「雞鳴狗盜」裡的微光，挑起孩子們恍然大悟的驚嘆：「噢，一隻雞和一隻狗的那個故事。」

對照「孟嘗君幸見馮諼」、「董卓知遇呂布」後，讓孩子們分組討論，為什麼司馬懿不能像孟嘗君、董卓般高枕無憂時，有人問起：「孔廟蓋於什麼時候？」這時，我的反應也「跟上新時代」了，立刻反問：「你知道孔廟是為了紀念孔子，不是為了紀念孔明嗎？」

「真的嗎？」看著一雙又一雙亮晶晶的眼睛，我想起很久以前喜歡追著我問：「諸葛亮和孔明是一個人還是兩個人？」的孩子們，多半是小學一、二年級的孩子，慢慢地，中高年級的孩子們也不知道諸葛亮就是孔明了，這時，忍不住對這些孩子又加問了一句：「諸葛亮和孔明，是一個人？還是兩個人？」

在這個圖像興茂、字詞崩解的世代裡，能夠和這本彩色精印的《成語典故植物學》相遇，真是椿關於甜蜜生活的好消息！彷如參加陽羨書生大樹下的宴會，成語、典故，盛裝在這個美麗、豐富又時尚的魔法盤裡，變成活生生的語境。

身在其中，我們和這些樹、這些花、這些人、這些事糾纏在一起，隨著季節流轉，越來越深刻地連續成可以改變生命樣貌的線。從連天拔起的喬木，慢慢降低姿態，靠近灌木，柔軟成藤、竹、棕櫚，歷經雙子葉、單子葉的各種草本形印，而後收束在覆地依存的芝蘿，如張愛玲最美的情話：「見了他，她變得很低很低，低到塵埃裡，但她心裡是歡喜的，從塵埃裡開出花來。」

遇見「文學植物園」的大魔法師潘富俊，我們也變得很低很低，低到塵埃裡，清簡地兜進大自然的神祕花園，感受天菁地潤、春華秋實。

翻著書頁，聯繫起文學與科學、古典與現代、遙遠的典故背景與真實的此時此地，這些花繁色豔，滋潤著我們，讓我們的每一天，新鮮燦亮，比「活得好好的」還要更好一點點，讓疲憊重複的現實，裝載著細細的歡愉，從塵埃裡開出花來。

黃秋芳，作家，專業讀書寫字的時間癡人。

【自序

在古典裡映照科學之美

中國歷史悠久，漢語詞彙豐富，漢字應用幾千年來，已成為極成熟的文字。在語文發展的過程中，為準確無誤地傳遞信息、生動有力地表達情意，產生修辭的需求，創造了成語。成語特別多，也成為漢語的一個特點，後來更成為中國傳統文化的一部分。除了台灣、中國大陸，甚至受漢字、漢文化影響的漢文化圈，包括日本、韓國、越南等國的語言，也都有使用成語的習慣。

所謂「成語」，是語言中經過長期使用、琢磨而形成的固定短語，大都有一定的出處。如古代的寓言、歷史上的故事、古書的文句、外來文化等，所以成語常富含哲理。成語大多數是由四個漢字所組成，廣泛使用於言語溝通及文學寫作。

詩文中引用的古代故事和有來歷出處的詞語，謂之「典故」；「成語典故」就是成語產生、形成、流傳的故事傳說。適當運用成語典故可以增大文章及說辭的表現力，在詞語中展現更為豐富的內涵，不但可以增加內容的韻味和情趣，也可以讓說法委婉含蓄。在歷代詩詞史上，幾乎所有的詩人都善用典故，其中又以唐、宋文士為甚。即使是現代，在談話或作文中，適當地運用成語，也有達成詞簡意豐、形象生動及透徹犀利的效果。

成語、典故和詩詞歌賦、史書、章回小說、國畫、中藥等等，都是中國古典文學的重要成分。經過千百年的淬煉，已形成十餘萬條成語、俗語及諺語，內容包羅萬象，包括器物、制度、地理、建築、山水、天象、人物、勝蹟、植物等。其中，含有植物的成語數量驚人，約有上千條，卻是大多屬於比較難解的詞條。

植物成語的重要性向來遭到忽視。古人使用植物的形態、用途、生態特性、名稱等，而形成成語。古人運用其對植物的理解，觀察到植物的不同特性，發揮想像力，賦予不同植物不同的意象，讓辭彙的表達更豐富，具有更多的修辭色彩。植物成語和其他所有的成語一樣，肇始及至定型，有其演變過程，詞義有擴大、縮小或轉移。如不細解成語典故中植物的來龍去脈、性質特徵，就無法嫻熟運用成語典故。憑空想像的植物形象，無助於文學的創造力。因此，對成語典故中的植物進行闡釋，是了解植物成語辭意、熟悉成語典故的不二法門。

本書選取一百零九種構成成語的植物，根據植物的形體大小與生活型態，分成喬木類、灌木類、藤蔓植物類、竹與棕櫚類、雙子葉草本植物類、單子葉草本植物類、低等植物類等七章，敘述各植物形成之成語、識別特徵、來源典故詳解，以利翻閱與檢索。期望讀者藉由認識成語植物的真正意涵，更能深刻領會古典詩詞歌賦或章回小說的精華，並開啟讀者創作的泉源。

目次

第二章　灌木類　66

第三章　藤蔓類　104

第四章　竹及棕櫚類　124

第五章　雙子葉草本類 138

第六章　單子葉草本類 188

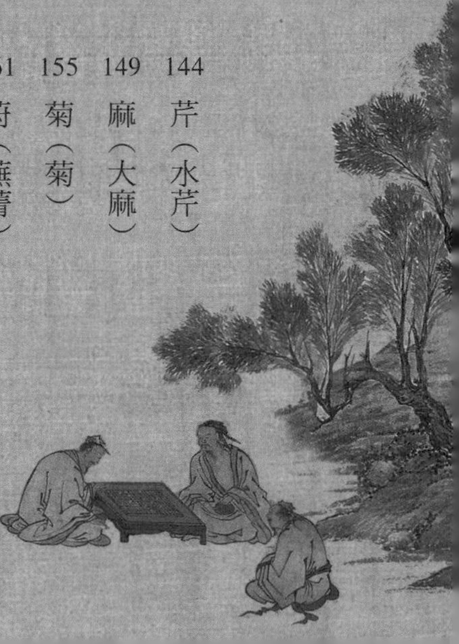

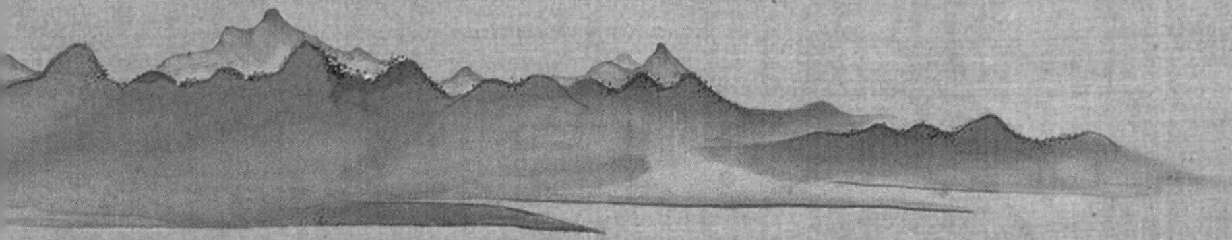

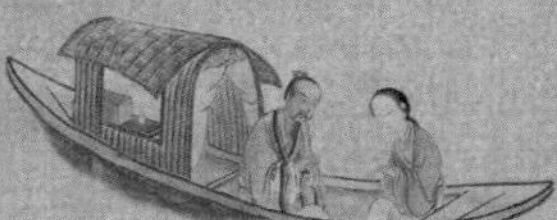

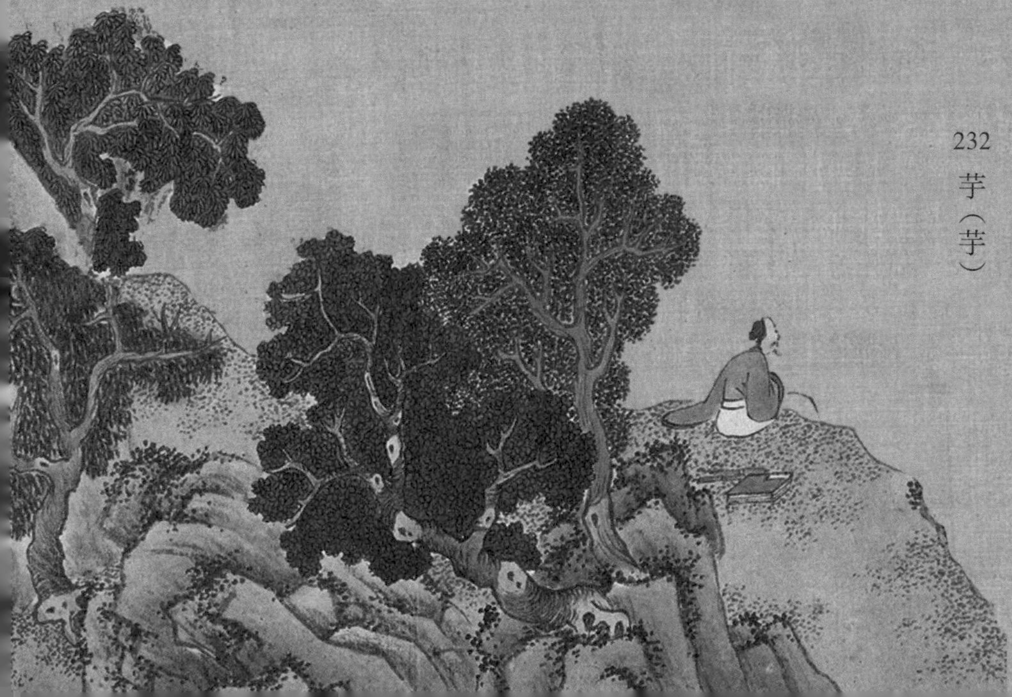

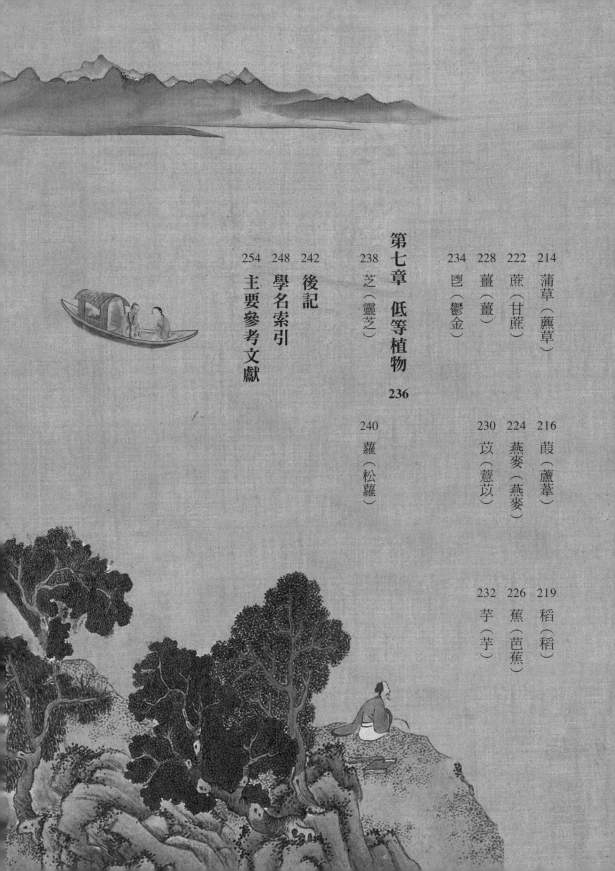

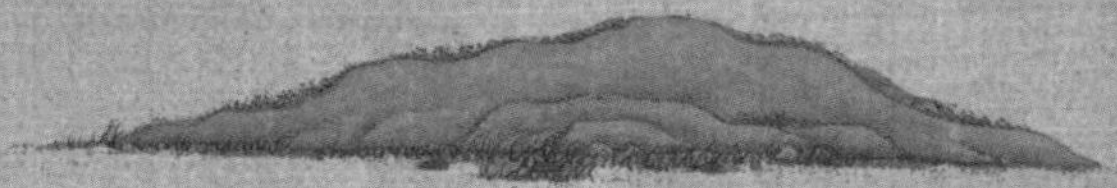

第一章 喬木類

以植物學的定義而言，分枝較高、有明顯的主幹、形體高大的樹木，稱作喬木，包括常綠喬木及落葉喬木。氣候溫暖潮濕的熱帶、亞熱帶地區多常綠喬木；而氣候寒冷的溫帶、寒帶地區，以及乾、濕季分明的熱帶地區則多落葉喬木。成語中使用到的喬木大多是國人生活中常見的、大多數民眾熟悉的植物，包括果樹、庭園樹、造林樹種等。分布越普遍、用途越多、使用越廣的樹木，成語的數量越多。

使用在成語的果樹，有甘棠、柿、栗、梨、棗等，均為原分布華北地區黃河流域的種類，除甘棠外，其他的果樹種類已在全中國各地栽培，成為普遍的果樹。特別是梨、棗，是國人熟識的水果，產生「讓棗推梨」、「付之梨棗」、「囫圇吞棗」等家喻戶曉、人人皆知的成語。熟悉度越高的植物，相關的成語數量也越多。

庭園喬木狀花木所形成的成語，植物種類很多，有木蘭、曇花、柳、杞柳、蒲柳、松、柏、紅豆、桂、椿、槐、櫱等十二種之多。其中的柳、

松、柏等，是屬於全國性的庭園樹種，成語的數量多在十條以上，例如「柳暗花明」、「傍花隨柳」、「歲寒松柏」等，都是一般大眾耳熟能詳的常用成語。

古今生活所需的建築、家具、薪炭用料，需求量大。尤其當生齒益增，天然植被所能供應的用料數量有所不足，必須有人工栽培的林木供給所需。古代造林木以成語出現者，有楊、桐、梓、榆、漆、櫟、橡等，其中栽種較普遍的樹種有楊、桐、梓、榆等，衍生「琴得焦桐」、「敬恭桑梓」、「失之東隅，收之桑榆」等著名成語。

木蘭

木蘭舟。

今名：木蓮；玉蘭
學名：*Magnolia denudata* Desr.
科別：木蘭科

木蘭花香如蘭，因此稱為木蘭；其木心黃，又稱「黃心」；花形如蓮，又名「木蓮」；花苞如毛筆的筆頭，故又稱「木筆」。古籍所稱的木蘭，可能包含木蘭屬（*Magnolia*）及木蓮屬（*Manglietia*）等許多種類。

《本草綱目》云：「木蘭枝葉俱疏，其花內白外紫，亦有四季開花者，深山生者尤大，可以為舟。」製作舟船的木蘭理當為大樹，早春先開花後長葉的落葉種類應為玉蘭，主產於秦嶺一帶和長江中下游各地。但根據《白樂天集》所載：「木蘭生巴峽山谷間……大者高五六丈，涉冬不凋，身如青楊，有白紋……花如蓮」，所言應指木蓮〔*Manglietia fordiana*（Hemsl.）Oliv.〕，屬常綠樹。兩樹種均可長成大喬木，都是製造舟船及棹槳的良材。

木蘭不但是香花植物，也是樹姿美觀的庭院樹，極適合在庭院、公園大量栽植。

【成語典故】

木蘭舟

任昉《述異記》云：「昔吳王闔閭植木

蘭於此，用構宮殿也。七里洲中，有魯班刻木蘭為舟，舟至今在洲中。」意謂取木蘭之材製舟，詩詞以木蘭舟、蘭棹、蘭枻等美稱舟船。

【另見】桂楫蘭橈

【識別特徵】

落葉喬木，小枝及芽具短柔毛。葉倒卵形或倒卵狀長圓形，長十至十五公分，寬三．五至七．五公分，先端短漸尖，向基部漸狹，表面光綠色，疏被短柔毛，背面淡綠色。花芽卵狀，密被灰色或淡褐色絨毛，花先葉開放，鐘狀，徑十二至十五公分，白色，富香氣，花被片九片，長圓狀倒卵形。聚合果圓筒形或紡錘形，長八至十二公分。分布於江西、江蘇、浙江、安徽、河北、山東及河南各省。

甘棠

甘棠遺愛。
甘棠之惠。

今名：棠梨；杜梨
學名：*Pyrus betulaefolia* Bunge
科別：薔薇科

棠梨的果實有紅色與白色兩種，果實紅色者稱為「杜」、「杜梨」或「杜棠」，味道酸澀，不適合生食，但是樹幹的木理堅韌，可用來製作弓弩。果實白色者稱為「棠」、「甘棠」或「棠梨」，果味「少醋滑美」，外形似梨而小，可生食，為古人常吃的水果，古稱「山梨」。後者「經霜熟時」摘食之，味道更美。

楊慎《丹鉛錄》「尹伯奇采楟花以濟饑」，「楟」即棠梨，荒年採食果實當作糧食。古人也常採集棠梨的花炒食或曬乾磨麵製成燒餅，用以補充糧食不足。葉片部分味道微苦，採集嫩葉用開水燙過後，淘洗數次，加上油鹽調味，也是一道菜蔬。葉子蒸過再曬乾，可以用來代替茶葉。

野生的棠梨分布極廣，山區普遍可見，一般使用棠梨植株當作各種栽培梨的砧木。棠梨適應性強，樹形美觀，自古以來即栽植成庭院樹或綠籬。成語「甘棠遺愛」提及的棠梨（甘棠）應為當時的庭院樹。

【成語典故】

甘棠遺愛

典出《詩經·召南·甘棠》：「蔽芾甘棠，勿翦勿伐，召伯所茇。」

召伯是周朝開國功臣，勤政愛民，受到百姓愛戴，此詩描述百姓對於召伯曾經憩息於下的棠梨樹護惜有加。後世用以形容對卸職地方長官的懷念與尊敬。

甘棠之惠

語出西漢揚雄〈甘泉賦〉：「函甘棠之惠，挾東征之意。」意指官吏施予百姓的恩澤。此成語同樣典出《詩經．召南．甘棠》，一作「甘棠之愛」。

【識別特徵】

落葉灌木或小喬木，枝上有棘刺，嫩枝被灰白色絨毛。葉互生，卵圓形至長卵狀圓形，長五至八公分，寬約三公分；粗銳鋸齒緣。總狀花序，六至十五朵花聚成繖形狀；花瓣白色，雄蕊二十，花藥紫色。梨果近球形，徑〇．五至一公分，褐色，布有斑點。產於黃河流域及長江流域，即華北、西北、華中各省。

柳

柳暗花明。柳下借陰。傍花隨柳。
柳彈鶯嬌。柳巷花街。尋花問柳。
眠花宿柳。武昌柳。

今名：垂柳
學名：*Salix babylonica* L.
科別：楊柳科

自古文人視柳為溫柔謙遜的象徵，多在家居四周種柳以自勵，如陶淵明在屋前種植五株柳樹，自號為「五柳先生」。後人即以「陶潛五柳」比喻隱士或隱遁之處。柳與留音近，古人遂於送別時折柳相贈，古代長安還有「灞橋折柳」的送別習俗，如李白〈憶秦娥〉：「年年柳色，灞橋傷別。」

自古柳樹就廣泛栽植作園景樹、行道樹，自家庭院、公共場所多栽種有柳樹，歷代積沿下來，產生柳下借蔭、柳暗花明、傍花隨柳、柳彈鶯嬌等成語。

垂柳枝條纖細柔軟，婀娜多姿，古人常用以比喻女子。白居易〈長恨歌〉：「芙蓉如面柳如眉」以柳葉描寫楊貴妃眉毛之美；柳眉指女子細長的眉毛，「柳眉倒豎」則形容女子發怒時聳眉的面容。杜甫「隔戶楊柳弱嫋嫋，恰似十五女兒腰」及白居易「櫻桃樊素口，楊柳小蠻腰」，則以柳樹形容女子的纖纖細腰。為吸引顧客光臨，古代風塵區多栽有柳樹，生出許多狎妓相關成語，如柳巷花街、尋花問柳、眠花宿柳等。

【成語典故】

柳暗花明

語出南宋陸游〈遊山西村〉：「山重水復疑無路，柳暗花明又一村。」形容綠柳成蔭、繁花似錦的景象；也比喻絕處逢生的希望。

柳下借陰

語出宋朝胡繼宗《書言故事．夏》：「求庇於人曰暍人於柳下借陰耳。」意指在柳樹下借陰乘涼，比喻求人庇護。

傍花隨柳

語出北宋程顥〈春日偶成〉：「雲淡風輕近午天，傍花隨柳過前川。」形容春天的美麗景色。

柳彈鶯嬌

語出唐朝岑參〈暮春虢州東亭送李司馬歸扶風別廬詩〉：「柳彈鶯嬌花復殷，紅亭綠酒送君還。」形容春天的景色。

柳巷花街

語出宋朝釋惟白《續傳燈錄．廬州廣慧冲雲禪師》：「諸佛出興，隨緣設教，或茶坊酒肆，徇器投機，或柳巷花街，優游自在。」意指妓院聚集之處。

尋花問柳

語出元朝谷子敬〈城南柳．楔子〉：「只等的紅雨散，綠雲收，我那其間尋花問柳，重到岳陽樓。」意指春天的賞玩遊樂；亦指男人嫖妓。

眠花宿柳

語出《金瓶梅·第一回》：「終日閑遊浪蕩，一自父母亡後，專一在外眠花宿柳，惹草生風。」意謂終日流連風月場所。

武昌柳

出自《晉書·陶侃傳》，描述陶淵明擔任武昌太守時，督導諸營在江岸湖畔廣植柳樹。屬下都尉夏施卻將公有的柳樹偷偷移植到自家門前，受到陶淵明的訓斥。後借以頌揚軍紀嚴明。

杞柳

性猶杞柳。杞梓連抱。荊南杞梓。

杞柳枝條細長柔韌，可用來編製簸箕、筐籮等，即「至秋，任為簸箕」，所以又名箕柳或簸箕柳；也用來製作籮筐，又稱「筐柳」。杞柳適應性強，不擇土宜，可用插枝繁殖，自古以來即為黃河流域各地區用以固砂、護堤的樹種，也是該地區常見的栽培樹種。

今名：筐柳
學名：*Salix linearistipularis*（Franch.）Hao
科別：楊柳科

【識別特徵】

落葉喬木，枝條柔細下垂。葉狹披針形至線狀披針形，長十至十五公分，寬〇．五至一．五公分，先端長漸尖，基部楔形；鋸齒緣。葉柄長〇．五至〇．八公分，被短柔毛。花先葉開放，葇荑花序；雄花序長一．五至二公分，雄蕊二；雌花序長二至三公分，花柱短，柱頭二至四深裂。蒴果長〇．三至〇．四公分。分布於長江流域及黃河流域，各地均有栽培。全世界亦有引進種。

柳樹類形態變異大，枝條柔細，可用來編織籃筐、農具的種類也很多，古人所稱的杞柳或筐柳種類當不止本種。例如產於淮河流域中下游平原的簸箕柳（*S. suchowensis* Cheng），除枝條顏色較深且花序較細外，各種形態特徵和杞柳相似，枝條亦強韌柔軟，當地民眾取用編製柳條箱、農具，用途也與本種杞柳相同。此外，細枝柳〔*S. gracilior*（Sinz.）Sinz.〕、川滇柳（*S. rehderiana* Sch.）或另一種也稱為杞柳（*S. integra* Thunb.）的樹種，都可能是古籍中提到的「杞」或「杞柳」。

如上所言，杞柳的枝條柔軟易彎折，因此孟子用以形容人性「近朱者赤，近墨者黑」的特性；而杞柳用途廣，自古即被視為良材，所以也用以比喻優秀人才。

【成語典故】

性猶杞柳

語出《孟子·告子上》：「性，猶杞柳也；義，猶桮棬也。以人性為仁義，猶以杞柳為桮棬。」意謂人性善惡由後天的教養和習染所致。

杞梓連抱

語出《孔叢子·居衛》：「夫聖人之官人，猶大匠之用木也。取其所長，棄其所短，故杞梓連抱……」意謂拔擢賢才時應棄其短處，取其長處。

荊南杞梓

語出《南史・庾域傳》：「梁文帝為郢州，辟為主簿，歎美其才，曰：『荊南杞梓，其在斯乎？』」意指南方的優秀人才。

【識別特徵】

落葉灌木或小喬木，小枝細長而韌，淡褐色或黃褐色。葉披針形至線狀披針形，長八至十三公分，寬〇・六至一公分，幼葉有絨毛，表面綠色，背面蒼白色，邊緣有腺狀鋸齒。花密生，花序幾無總梗；苞片倒卵形，先端黑色，有長毛；雄花序長三至五公分，雄蕊二；雌花序長三至四公分。蒴果有長柔毛。分布於華北及甘肅等地之低濕平原、湖岸、河岸等。

蒲柳

蒲柳之質。

今名：旱柳
學名：*Salix matsudana* Koidz.
科別：楊柳科

古人常常楊、柳不分，對於蒲柳究竟為何種植物有兩種說法：一為楊屬之青楊（*Populus cathayana* Rehd.），一為旱柳。不過青楊枝勁而揚起，而旱柳枝條柔細，因此按照文意推敲，蒲柳之質所指的蒲柳應以旱柳較為合理。

旱柳性耐旱，可生長在黃河沙地或栽種在房舍四周，也產於河灘下濕地區的溪流旁。適應性良好，容易栽植，各地有大面積造林，是中國大陸地區常見的柳樹種類。由於天然分布範圍廣闊，又適應各種氣候土壤，各地植株形態變異極大，產生不同的變型及變種：如枝條長而下垂的絛柳（f. *pendula*）、枝條捲曲的龍爪柳（f. tortusa）、樹冠呈饅頭型的饅頭柳（f. *umbraculifera*）以及花形有變異的旱垂柳（var. *pseudo-matsuda*）等。

除栽植作為綠化及觀賞用外，旱柳木材白色，質地輕軟，工藝性及彎曲性良好，自古以來即被用為建材，又可製作各種農具、器具及鑄模等。旱柳細枝可用於編筐，西北地區農民冬季則撿拾落葉充當羊飼料。

【成語典故】

蒲柳之質

語出南朝宋劉義慶《世說新語．言語》：「顧悅與簡文同年，而髮蚤白。簡文曰：『卿何以先白？』對曰：『蒲柳之質，望秋而落；松柏之質，經霜彌茂。』」比喻身體早衰，或謙稱自己體質衰弱。一作「蒲柳之姿」，女子自謙可用。

【識別特徵】

落葉喬木，樹皮灰黑色，枝條細長，直立斜展或下垂，嫩枝有毛。葉披針形，長五至十公分，寬一至一．五公分，先端長漸尖，基部鈍至楔形，表面綠色，有光澤，背面蒼白色或白色；細腺鋸齒緣。葉柄短，被長柔毛。花與葉同時開放；雄花序圓柱形，長一．五至二．五公分，徑〇．六至〇．八公分，雄蕊二，花絲基部有長毛；雌花序長二公分，徑〇．四公分。分布於東北、華北、西北、黃土高原、甘肅、青海、淮河流域至華中，為平原地區常見的樹種。

楊

百步穿楊。枯楊生稊。
楊花水性。

白楊樹形高大挺直，古人說：「凡屋材松柏為上，白楊次之，榆為下也。」早期中國北方的建築及其他用材所使用的樹種不多，幾乎只有楊、槐、榆、柳四種，尤其楊木樹幹通直且樹姿俊美，特別適合用作房屋建材，以及植為寺觀林或行道樹。

古人形容白楊：「其種易成，葉尖圓如杏。枝頗勁，微風來則葉皆動，其聲蕭瑟，殊悲慘淒號。」秋風一起，白楊葉變黃凋落，入冬後全株

今名：白楊
學名：*Populus tomentosa* Carr.
科別：楊柳科

恍如枯死，因此稱為「枯楊」。詩詞中多用以形容悲悽的景色，如唐朝李白就有「腸斷白楊聲」之歎。枯楊生稊原意是說冬天恍如枯死的白楊，入春後又長出稊（嫩芽），有枯木逢春之意。

楊樹是溫帶樹種，在中國約有六十種，主要分布在黃河流域以北。常見的中國原產楊樹類還有青楊（*Populus cathayana* Rehd.）。楊樹類雌雄異株，雌雄花均無花瓣，並無鮮豔色彩，因此所謂「楊花隨風飄舞，素有輕薄之名」，應是古人對楊樹類植物的誤解。古時楊柳並稱，此類的「楊花」應指柳絮，如成語「楊花水性」。

【成語典故】

百步穿楊

語出南宋胡繼宗《書言故事・射藝》：「獎射者曰：『有百步穿楊之巧。』」形容箭術之嫻熟高超。

枯楊生稊

語出《周易・大過》：「九二，枯楊生稊，老夫得其女妻，無不利。」意謂枯乾的楊樹又發了嫩芽，比喻老夫少妻或老來得子。一作「枯楊生華」。

楊花水性

語出宋朝無名氏《小孫屠》：「你休得強惺惺，楊花水性無憑準。」意謂楊花隨風飄蕩，水性任意流動。比喻女子行為輕浮，用情不專。

【識別特徵】

落葉喬木，高可達二十五至三十公尺，樹皮幼時暗灰色，漸變為灰白色，老時基部黑灰色，小枝初被灰色絨毛。長枝上的葉革質，三角狀卵形，長十至十五公分，寬八至十二公分，先端漸尖，基部心形或截形，邊緣有齒牙，背面密生灰色絨毛，葉柄長二・五至二十五・五公分；短枝上的葉較小，卵狀至三角狀卵形。雄花序長十公分，雄蕊八；雌花序長四至七公分。蒴果長卵形，二裂。分布於東北、西北、華東，生於平原和低海拔丘陵。

松

石枯松老。竹苞松茂。松風水月。
指水盟松。松枝掛劍。

松被視為「百木之長」，故字從公」，植物體富含樹脂（松脂），凌冬不凋，四時常青。《論語‧八佾》魯哀公問宰我歷代專屬的社木（國樹），宰我回答說：「夏后氏以松，殷人以柏」，夏朝尊松樹為國樹，可見地位不凡。

今名：馬尾松
學名：*Pinus massoniana* Lamb.
科別：松科

松的樹幹及樹姿盤曲蒼勁，是詩詞及山水畫中經常詠頌的對象，連風吹松樹的「松濤聲」也深受文人墨客的喜愛，歷朝吟詠不絕。如唐朝裴迪「落日松風起，還家草露晞」；王維「更聞松韻切，疑是大夫哀」；李白「江寒早啼猿，松暝已吐月」；金朝雷思「千巖玉立盡長松，半夜珠璣落雪風」等。

松、竹、梅並稱為「歲寒三友」，加上蘭為「四友」，加上芭蕉合稱為「五清」，而松、柏、槐、榆、梓、梅則稱為「六君子」。李白作詩云：「願君學長松，慎勿作桃李」，勸人要效法長松堅貞的品格，切勿成為凡桃俗李之流。

常見的松樹還有油松（*P. tabulaeformis* Carr.）、紅松（*P. koraiensis* Sieb. *et* Zucc.）、

赤松（*P. densiflora* Sieb. *et* Zucc.）、白皮松（*P. bungeana* Zucc. *ex* Endl.）及華山松（*P. armandii* Franch.）等。

【成語典故】

石枯松老

語出金朝丘處機〈水龍吟．道運〉：「海移山變，石枯松老。」比喻歷時久遠。

竹苞松茂

語出《詩經．小雅．斯干》：「如竹苞矣，如松茂矣。」意謂家族興盛；古時也當成新屋落成的賀詞。

松風水月

語出唐太宗《大唐三藏聖教．序》：「松風水月，未足比其清華；仙露明珠，詎能方其朗潤。」形容景色清幽，用來比喻人品性淡泊超俗。

指水盟松

語出明朝陳汝元《金蓮記》：「章相與學士，初方指水盟松，後反操戈入室。」意謂以流水、松樹為證立誓，比喻友情深厚。

松枝掛劍

春秋時，吳國公子季札拜訪徐國國君，徐君心儀季札的寶劍，卻不好意思說。徐君去世後，季札就把寶劍掛在墓旁樹上。後用以比喻重信義的美德。

【另見】松柏之茂、歲寒松柏、餐松啖柏、松蘿共倚

【識別特徵】

常綠喬木，樹皮灰褐色，裂成不規則塊狀，一年生枝條淡黃褐色；冬芽褐色。葉二針一束，長十二至二十公分，細柔，有細齒，樹脂道邊生，四至七。

毬果卵圓形至圓錐狀卵形，長四至七公分，徑二．五至四公分；鱗盾菱形，鱗臍微凹，無刺。種子具翅，連刺長二至二．六公分。分布於秦嶺以南、淮河流域及漢水流域至雲南、兩廣。

柏

松柏之茂。柏舟之誓。
歲寒松柏。餐松啖柏。

今名：側柏
學名：*Thuja orientalis* L.
科別：柏科

柏和松一樣，凌冬不凋，凝霜挺幹，積雪不能毀其枝，寒風無法改其性，因此才有「歲寒知松柏」的說法。唐朝裴度寫賦歌頌：「雖殺菽之霜再三，斷蓬之風數四，徒凜凜以終日，竟青青而在地。懿夫春夏榮滋，我不競於芳時，秋冬淒冽，我不改其素節。」松柏這種特性，被譽為「君子之志行」。

中國歷朝有許多年代遠的古柏，地位均不同凡俗，如杜甫〈古柏行〉：「孔明廟前有老柏，柯如青銅根如石」和〈蜀相〉：「丞相祠堂何處尋，錦官城外柏森森」，歌頌的對象是諸葛亮墓前的古柏。古代習慣在宮殿、廟宇等地栽種柏木，如太原晉祠有「周柏」，泰山岱廟有「漢柏」，山東曲阜孔廟則有「巨柏」等。《五雜俎》更記載漢武帝曾賜封嵩山

嵩陽觀的古柏為大將軍，可見柏受尊崇的程度。

柏葉具香味，因此「麝食之而體香」。民俗更以「柏樹長壽」，而相信吃柏葉可以長生。古時稱為「柏」的植物，除側柏外，還有柏木（*Cupressus funebris* Endl.）、圓柏（*Juniperus chinensis* Linn.）等。

【成語典故】

松柏之茂

語出《詩經．小雅．天保》：「如松柏之茂，無不爾或承。」比喻禁得起時間考驗。

柏舟之誓

典出《詩經．鄘風．柏舟》：「汎彼柏舟，在彼中河。髧彼兩髦，實維我儀。之死矢靡它。母也天只，不諒人只！」意謂婦女喪夫後守節不肯改嫁。一作「柏舟之節」。

歲寒松柏

語出《論語．子罕》：「歲寒，然後知松柏之後凋也。」意謂在艱難困苦的逆境中，才能見出堅持節操的高尚品格。一作「歲寒知松柏」。

餐松啖柏

語出元朝無名氏《玩江亭》：「俺出家人閒來坐靜，

悶來遊訪，尋仙問道，餐松啖柏。」形容超凡脫俗的生活。

【識別特徵】

常綠大喬木，樹皮片狀剝落；小枝扁平，常排成一平面。葉鱗片狀，緊貼小枝，交互對生，正面葉菱狀卵形，兩側葉覆著正面葉的基部兩側。雌雄同株，毬花單生於枝端。毬果卵圓形，當年成熟，徑一至五公分；未熟時肉質，被白粉，成熟後木質化。種鱗四對，鱗被先端具反曲鉤狀物，每片果鱗有種子一至二粒，種子卵圓形，不具翅。原產於中國西北部及華北，台灣有引進栽培。

柿

柿葉學書。

今名：柿
學名：*Diospyros kaki L. f.*
科別：柿樹科

柿原產於中國，《禮記·內則》羅列國君食用的美食有「棗栗榛柿」，柿為其一；漢朝司馬相如〈上林賦〉也提到柿，可見柿自古就是重要果品。《酉陽雜俎》說柿有七絕：「一壽，二多蔭，三無鳥巢，四無蟲，五霜葉可玩，六嘉實，七落葉肥大。」以落葉練習書法，即柿葉學書所言。秋天柿葉經霜變紅，十分壯觀，韓愈曾作詩詠之「友生招我佛寺行，正值萬株紅葉滿」。

柿的品種很多，極富營養價值，除供作鮮食果品外，還可曬乾製餅、釀酒和製醋。柿的栽培品種總數在兩百種以上，可以區分為生食果類和加工果類兩大類，如磨盤柿、甜心柿、火晶柿等屬於生食果類；尖柿、牛心柿等則屬於加工果類。此外，也可依照果實風味及脫澀程度區分為甜柿和澀柿兩大類。甜柿類的果實在樹上自然脫澀，採收即可生食，此類品種在日本較多；澀柿類的果實必須經過人工脫澀過程後，才能食用，生柿苦澀無法入口，中國境內所產的柿類多屬澀柿。

【成語典故】

柿葉學書

典出唐朝李綽《尚書故實》：「鄭廣文學書而病無紙，知慈恩寺有柿葉數間屋，遂借僧房居止，日取紅葉學書，歲久殆遍。」意謂勤苦鑽研書法。

【識別特徵】

落葉喬木，樹皮暗灰色，小枝褐色，被淡褐色短柔毛。葉互生，厚質，卵狀橢圓形至橢圓形，長六至十八公分，寬三至九公分，先端漸尖或短尖，表面綠色有光澤，背面為淡綠色。單性花，雌雄異株或同株；雄花短聚繖花序，雌花單生葉腋。漿果扁球形至卵圓形，徑三．五至十公分，熟時橙紅至橘黃色。分布於黃河流域、長江流域至兩廣。

紅豆

紅豆相思。

今名：紅豆樹
學名：*Ormosia hosiei* Hemsl. *et* Wils.
科別：蝶形花科

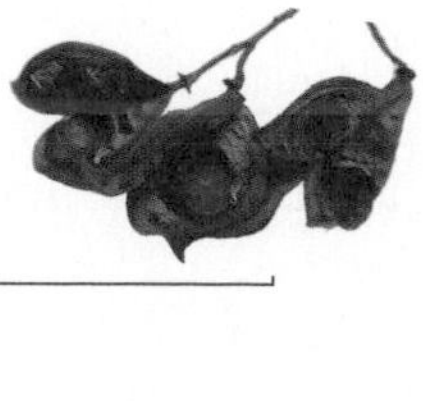

紅豆又名相思子，種子圓形，色彩鮮紅而光亮，乾後非常堅硬，唐朝時已流行將紅豆鑲在首飾上佩戴。至於將紅豆視為「相思子」究竟始於何時，至今仍無法查考，據傳是古代有人充軍到邊疆，後在駐地死亡，妻子思念成疾而在紅豆樹下痛哭而死，時人遂稱該樹為「相思樹」，以誌念女子癡情。

紅豆象徵愛情，成為男女之間互表相思的定情之物。除紅豆樹之外，可以結出相思豆的植物至少還有三種，其一為孔雀豆，或稱海紅豆（*Adenanthera pavonia* L.），分布於熱帶及亞熱帶地區，也是常綠喬木，種子鮮紅色，三角狀倒卵形，兩面突出，是台灣最流行的「相思豆」，但非王維詩中所提的「紅豆」。另一種是人稱「雞母珠」（*Abrus precatorius* L.）的攀緣藤本植物，種子約長〇．四到〇．五公分，鮮紅色，但一端黑色，分布於熱帶地區，春天種子剛發芽，植株無法「發幾枝」，可知絕非真正的相思子或紅豆。

【成語典故】

紅豆相思

語出唐朝王維〈相思〉：「紅豆生南國，春來發幾枝？願君多採擷，此物最相思。」比喻男女之間的情愛與思念。

【識別特徵】

常綠喬木，樹皮褐色，不開裂，嫩枝綠色。葉為奇數羽狀複葉，小葉七至九，近革質，長卵形至橢圓狀披針形，長五至十二公分，寬二・五至五公分，先端急尖，基部楔形。圓錐花序頂生或腋生；花白色或淡紅色，雄蕊十枚。莢果木質，扁平，圓形至橢圓形，暗褐色，長四至七公分，寬二・五至四公分，先端喙狀；有種子一至二，種子紅色，光亮近圓形，徑一・五至二公分。分布於陝西、甘肅、湖北、四川、貴州、江蘇、江西等地區。

桂

桂楫蘭橈。桂酒椒漿。
薑桂之性。桂宮柏寢。

今名：肉桂
學名：*Cinnamomum cassia* Presl.
科別：樟科

古籍中出現的「桂」或指桂花或指肉桂，由文意中往往可以推敲分辨。古書中所提到的「肉桂」有以下三種：「皮赤者為丹桂，葉似柿葉者為柿桂，葉似枇杷葉者為牡桂，三者同為一物。」其中「丹桂」又與桂花樹中的丹桂同名。

肉桂和桂花均為香木，肉桂植株全體均有香味，桂花僅花有薰香。兩者形態亦極不相同，肉桂葉全緣，三出脈明顯；桂花樹葉有鋸齒，有許多側脈。

肉桂的樹皮和樹枝中含有肉桂醛（Cinnamic aldechyde），有特殊香味，自古即作為調味料使用，如《爾雅翼》云：「古者薑桂為燕食庶饈和之美者」，「和之美者」意即上等調料。直至現代，許多食品及料理中也常會攙入肉桂增加香味，例如「切桂置酒中」可釀成風味殊絕的桂酒。風行全世界的可口可樂與百事可樂等飲料，也以肉桂為主要香料。肉桂在保健與醫療上也深受重視，《神農本草經》甚至記載肉桂可以「久服輕身不老，面生光華，媚好常如童子」。

【成語典故】

桂楫蘭橈

語出《楚辭．九歌》：「桂棹兮蘭枻」。意謂以桂木和木蘭等名貴木材製作划船用槳，形容用品精美名貴。

桂酒椒漿

語出《楚辭．九歌》：「奠桂酒兮椒漿」。泛指美酒。

薑桂之性

語出《宋史．晏敦復傳》：「吾終不為身計誤國家，況吾薑桂之性，到老愈辣，請勿言。」意謂性格愈老愈剛強。又作「薑桂餘辛」。

桂宮柏寢

出自南朝宋鮑照的〈代白紵舞歌詞〉：「桂宮柏寢擬天居，朱爵文窗韜碧疏。」用名貴的桂木蓋宮殿，以貴重的柏木製床，形容壯麗華貴的宮室。

【識別特徵】

常綠喬木，高十五公尺，全株有香味；幼枝有稜，被褐色短絨毛。葉革質，近對生，三出脈，長橢圓形至闊披針形，長八至十五公分，寬三至六公分；全緣，表面綠色，光滑且有光澤，背面粉綠色，披柔毛。圓錐花序，花梗披短柔毛；花小，黃綠色。果漿果狀，橢圓形，徑〇·九公分，熟時黑紫色；果托淺杯狀。原產於中國，熱帶及亞熱帶地區廣泛栽培。

栗

狙公分栗。榛栗棗脩。

今名：板栗
學名：*Castanea mollissima* Blume
科別：殼斗科

板栗和榛（*Corylus heterophylla* Fisch. *ex* Bess.）都是古代重要的乾果類，民間栽培以為糧食。《禮記》云：「婦人之摯，椇榛脯脩棗栗。」意謂女子初次與公公見面所獻的禮物，包括枳椇、榛子、肉乾、棗子和栗子。榛和栗皆為堅果，《詩經》云「樹之榛栗」，兩者外形和味道均相似，由於榛實較栗實小，因此榛又有「小栗」之稱。

古人以榛子送禮，取其「臻至」之意，用以表示自己虔誠恭敬的心意。《莊子·齊物論》所說的「狙公賦芧」，狙公分給猴子的「芧」本指榛子，後來訛傳為「栗」。榛樹除果實供食用外，「枝莖可為燭」，木材堅硬緻密，可製手杖、傘柄和其他細工製品。

至於板栗則有錐栗、茅栗等數種，栗子炒食後滋味極美，蒸食也鬆軟可口，俗稱為「河東飯」；栗子磨製成粉，「勝於菱芡」，是古代經常食用的澱粉植物。板栗除了收成果實外，還有其他經濟用途：木材耐濕且性質優良，可供建築及製造各種器具之用；葉可飼天蠶，樹皮則作為染料，是古代重要的經濟樹種。

【成語典故】

狙公分栗

典出《莊子．齊物論》：「狙公賦芧，曰：『朝三而暮四。』眾狙皆怒。曰：『然則朝四而暮三。』眾狙皆悅。」意謂善用手段駕馭他人或愚弄他人；也用以指反覆無常。

榛栗棗脩

《左傳．莊公二十四年》：「女贄，不過榛、栗、棗、脩，以告虔也。」意謂古代女子初見公公，奉上榛子、栗子、棗子和肉乾，以示敬意。

【識別特徵】

落葉喬木，高可達二十公尺，胸徑八十公分，小枝灰褐色，縱裂。葉長橢圓形至橢圓狀披針形，長十至十八公分，寬四至七公分，表面光滑，葉面被灰白色短柔毛；葉緣有鋸齒，齒端芒狀。葇荑花序直立；雌花簇生於雄花序基下部。堅果二至三個生於殼斗內，殼斗完全包被堅果，外密被長刺，殼斗連刺徑五至六公分；堅果長一．五至三公分。產於東北、華北、華中、華南各省，分布南可達雲南、廣東至越南一帶。

梧桐

棲梧食竹。梧桐斷角。
桐葉封弟。半死梧桐。

今名：梧桐
學名：*Firmiana simplex*（L.）W. F. Wight
科別：梧桐科

梧桐的形態隨四季明顯變化，風情各有不同，文學作品中描寫梧桐的名句很多，如李商隱「丹丘萬里無消息，幾對梧桐憶鳳凰」及邵雍「梧桐月向懷中照，楊柳風來面上吹」等。

入秋後桐葉變黃凋落，落葉知秋說的就是「梧桐一葉落，天下盡知秋」的特性。多愁善感的詩人面對此景特別容易傷懷，如明朝鄭允端「梧桐葉上秋先到，索索蕭蕭向樹鳴」，以蕭瑟的秋風寄寓心中的感觸；南宋劉翰「睡起秋聲無覓處，滿街梧桐月明中」，則寫出月夜下滿地梧桐落葉的謐靜。

古代大戶人家多喜歡在庭院、天井及水井旁種植梧桐，杜甫「清秋幕府井梧寒」及魏明帝詩「雙桐生空井，枝葉自相加」，描寫的都是井旁梧桐。

古時有以桐木做棺的習俗，據《左傳》所載：春秋末年，趙鞅率兵禦敵並立誓云，此戰若敗則「絞縊以戮，桐棺三寸，

不設屬辟」（用絞刑處死趙鞅，棺木不加外襯板入殮）。後世即以桐棺三寸表示節葬或泛指棺木。

【成語典故】

棲梧食竹

典出《莊子・秋水》：「夫鵷鶵發於南海而飛於北海，非梧桐不止，非練實不食，非醴泉不飲。」意謂鵷鶵（鳳凰）只棲止在梧桐樹上，僅吃竹實，以喻人品高潔。

梧桐斷角

語出《淮南子・說山訓》：「兩堅不能相和，兩強不能引服，故梧桐斷角，馬氂截玉。」意謂以柔克剛。

桐葉封弟

典出《呂氏春秋・重言》

記載周成王將桐葉剪成玉圭形狀，以此戲稱賜封其弟叔虞。周公得知後以「天子無戲言」，出言即為法，力促成王封叔虞於晉地。

半死梧桐

典出自北宋賀鑄〈鷓鴣天〉句：「梧桐半死清霜後，頭白鴛鴦失伴飛。」比喻喪失配偶。

【識別特徵】

落葉喬木，樹皮幼時綠色，老時灰綠色。葉互生，三至五掌狀裂，徑約三十公分，基部心形，表面無毛，背面密被或疏生星狀毛；葉之裂片全緣。頂生圓錐花序；無花瓣；雄蕊花絲合生成筒，花藥十至十五枚集生於花藥筒頂端；雌蕊心皮五，有柄，基部有退化雄蕊。膜質蓇葖果五，種子四至五個。北自河北，南至廣東、雲南均有分布，台灣則自生於平地山麓。

桐

琴得焦桐。

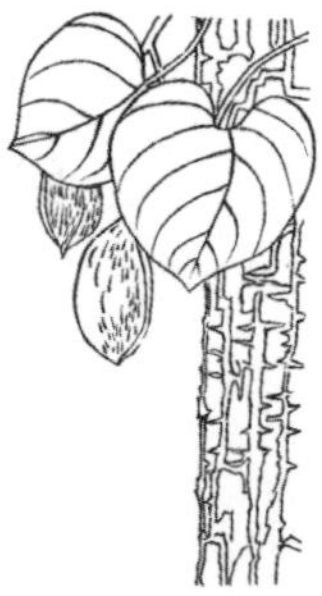

今名：泡桐
學名：*Paulownia fortunei*（Seem.）Hemsl.
科別：玄參科

泡桐生長迅速，樹幹通直，七至八年即可成材，木材紋理直，結構均勻，不翹不裂，易加工。隔潮性能好，對保護衣物非常有利。耐腐性強，是良好的家具用材，可做箱櫃、床板、桌子、水桶等；木材不易燃燒，油漆染色良好，耐酸性強，也適合製作航空、艦船模型、膠合板、救生器械等。由於其木質疏鬆，聲學性好，共鳴性強，特別適合製作樂器。可做琵琶、古箏、月琴、大小提琴板面等。

泡桐是喜光的速生樹種，在中國分布範圍廣，北界遼南、北京、延安一線，南至廣東、廣西，東起台灣，西至雲貴川，尤以豫東、魯西南為中心產區。泡桐有五個主要樹種：本種泡桐又稱白花泡桐，其他四種分別為蘭考泡桐（*Paulownia elongata* S. Y. Hu）、楸葉泡桐（*P. catalpifolia* Gong Tong）、毛泡桐（*P. tomentosa*（Thunb.）Steud.）和四川泡桐（*P. fargesii* Franch.）。

四月開淡紫色花，有清香，花序成串朝天舉，長達五十公分，花冠呈鐘形。樹姿優美，花色美麗鮮豔，並有較強的淨化空氣和抗大氣污染的能力，是城市和工礦區綠化的好樹種。

【成語典故】

琴得焦桐

典出晉朝干寶《搜神記》記載漢靈帝時，蔡邕亡命江海，見吳

地人砍桐木燒火，聽其爆裂聲不凡，而取未燒著部分製琴，果然音色純美。後用來形容善於拔擢人才。一作「爨下焦桐」。

【識別特徵】

落葉喬木，高可達二十五公尺。葉長卵狀心形，長十至三十公分，寬八至三十公分，先端銳形到銳尖形，基部心形，全緣或三至五淺裂；葉柄長五至十五公分。三、四月開淡紫色花，有清香，花序為聚繖花序集生成圓錐狀，長約三十公分；花冠管狀漏斗狀，白色，僅背面稍帶淡紫色，長約八至十二公分，內面密生紫色斑塊。蒴果長圓形或長圓狀橢圓形，長三．五至四．五公分，徑約二公分，二裂；種子具膜狀翅。

梓

敬恭桑梓。梓匠輪輿。

古代在房屋周圍，必種桑樹與梓樹，如朱熹所言：「桑梓二木，古者五畝之宅，樹之牆下，以遺子孫，給蠶食，具器用者也。」所以桑梓就成為故鄉的代稱。

今名：梓樹
學名：*Catalpa ovata G. Don*
科別：紫葳科

由於森林中和梓樹一同生長的其他樹種都會向內彎曲（內拱），形態有如彎腰行禮，所以梓木又稱「木王」。梓材是優良的木材，木質輕且加工容易，所謂「木莫良於梓」，所以《禮記》稱木匠為

「梓人」或「梓匠」。梓木可供製作琴瑟等樂器，用於造屋則「群材皆不震」。由於材質出色，古時皇帝以「梓器」（梓材製成的棺木）賞賜功臣；皇后死後，也規定用梓棺入殮。

梓樹是古代北方重要的造林樹種，官寺及人家園亭多有種之。古人印書刻版，也常用梓木，因此刻印書籍才稱為「付梓」，出版發行則稱為「梓行」。梓、杞及漆樹都是民間常見的有用樹種，據說東漢樊重善於治家及經營產業，曾經在計畫製作器物之前，先種梓樹及漆樹，時人深不以為然，但數年後終於發揮作用。因此後人就以樊侯種梓漆形容深謀遠慮，臨事不會慌張。

【成語典故】

敬恭桑梓

典出《詩經．小雅．小弁》：「維桑與梓，必恭敬止。」意謂對家鄉的懷念和對故鄉人的尊敬。

梓匠輪輿

語出《孟子．盡心下》：「梓匠輪輿能與人規矩，不能使人巧。」泛指有手藝的人。

【另見】杞梓連抱、荊南杞梓

【識別特徵】

落葉喬木。葉對生，有時輪生，寬卵形至近圓形，長十至二十五公分，寬七至二十公分，先端突尖，基部圓形或心形，常三至五淺裂或不分裂；掌狀五出脈，脈腋有紫黑色腺斑；葉柄長，嫩時有長毛。圓錐花序；合瓣花，花冠淡黃色，內有黃色條紋及紫色斑點。蒴果長二十至五十公分；種子長橢圓形，兩端生長毛。分布於華北、東北、西北及華中各省。

梨

哀梨蒸食。交梨火棗。梨花帶雨。梨園弟子。付之梨棗。

今名：沙梨
學名：*Pyrus pyrifolia*（Burm. f.）Nakai
科別：薔薇科

古人稱梨為「百果之宗」。梨的栽培歷史悠久，《禮記》記載古代諸侯經常食用楂、梨、薑、桂，可見至少在周代已有栽培。漢朝時梨已進行大面積栽植，而且已培植出優良品種，如《史記》云：「淮北、滎陽、河濟之間千株梨。」又說：「真定郡，大如拳，甘若蜜，脆若菱，可以解煩熱。」《唐書》中記載唐明皇選子弟三百教授音律，地點就在種滿梨樹的果園中，因此這些伶人就稱為「梨園子弟」，並沿用至今。

一如桃、李、梅，種梨目的原是為了收成果實，但白色嬌美的梨花，也成為詩人吟詠讚美的對象，如「十里香風吹不斷，萬株晴雪綻梨花」或「梨花淡白柳深青，柳絮飛時花滿城」等詩句。白居易〈長恨歌〉中以「梨花帶雨」來描述楊貴妃楚楚可憐的容貌，更成為經典。目前大陸栽植面積最廣，產量最多的梨有兩種：一為華北地區的白梨（*Pyrus bretschneideri* Rehd.）；一為長江流域及華南地區的沙梨。此外，東北地區的秋子梨（*P. ussuriensis* Maxim.）栽培面積也相當廣。

【成語典故】

哀梨蒸食

典出《世說新語．輕詆》記載漢時秣陵，有哀仲家所種之梨，入口消融，美味無比，稱為哀梨。但有無知者得此好梨，卻蒸而食之。比喻好壞不辨，不識貨。與「哀梨」相關的成語，還有哀梨蒸食、哀梨并剪、如食哀梨等。

交梨火棗

語出南朝梁陶宏景《真誥》：「玉醴金漿，交梨火棗，此則騰飛之藥，不比於金丹也。」道家稱神仙所食的兩種果品。

梨花帶雨

語出唐朝白居易〈長恨歌〉：「玉容寂寞淚闌干，梨花一枝春帶雨。」形容美女涕淚縱橫的樣子。

梨園弟子

語出唐朝白居易〈長恨歌〉：「梨園弟子白髮新，椒房阿監青娥老。」原指唐玄宗培訓的歌伶舞伎，後泛指戲劇演員。

付之梨棗

古代用梨木、棗木刻版印書。「付之梨棗」意即印刷書籍。

【另見】 禍棗災梨、讓棗推梨

【識別特徵】

落葉喬木，高可達十公尺，嫩枝及幼葉密被長柔毛。葉互生，狹卵形至倒卵形，長七至十二公分，寬四至六公分，先端長漸尖，基部圓形至近心形，邊緣具刺芒狀銳鋸齒；葉柄長三至五公分。總狀花序繖形狀，有白花六至九朵，花徑約二至三公分，花梗長三至五公分；雄蕊約二十；花柱五，子房下位。梨果近球形，徑三至十公分，果皮鏽色至綠黃色，具明顯皮孔；果梗長。原分布於華中、華東及西南各省。

棗

囫圇吞棗。禍棗災梨。讓棗推梨。安期仙棗。

從大量出土的文物及古文獻記載可知，棗在三千多年以前就已是重要的栽培果樹。《詩經·豳風·七月》中提到「八月剝棗，十月獲稻」，《爾雅》則記載了十一個棗的品種，到清朝《植物名實圖考》棗的品種已多達八十七個。

今名：棗
學名：*Zizyphus jujuba* Mill.
科別：鼠李科

古時將棗果當作日常糧食，也作為供品以及送往迎來的饋贈之物。綜合《本草經》和《本草綱目》所述以及現代醫學的研究結果，可以證明棗（紅棗）是重要的營養滋補劑。由於不擇地力，大江南北均普遍栽植，產量居目前中國大陸乾果類之首。

此外，由於棗樹花量大、花期長且花蜜含量高，是養蜂業不可或缺的蜜源植物。

古人相傳「梨益齒而損脾，棗益脾而損齒」，於是就有人說：「吃梨只嚼不嚥，吃棗只嚥不嚼，有益無損。」此即所謂的囫圇吞棗，引申為籠統含糊、不求甚解的求學態度。棗樹木質堅硬，紋理細密，是雕刻和製作家具的優良木材，也可用在活版印刷的字版中，因此清朝紀昀才說刻製無用的書籍，只是徒然浪費材料，而有「禍棗災梨」一詞出現。

【成語典故】

囫圇吞棗

典出宋朝圓悟禪師《碧巖錄》：「若是知有底人，細嚼來咽；若是不知有底人，一似渾崙吞個棗。」比喻食古不化或不求甚解。

禍棗災梨

語出清朝紀昀《閱微草堂筆記》：「至於交通聲氣，號召生徒，禍棗災梨，遞相神聖，不但有明末造，標榜多誣。」意謂濫刻無用的書籍，徒然浪費雕刻木版的梨和棗，使棗木受禍，梨木遭災。

讓棗推梨

典出《南史・王泰傳》與《後漢書・孔融傳》。王泰年幼時，祖母分棗而食，群兒競取，獨王泰不取，此為「讓棗」。孔融四歲時，每與諸兄共食梨，自謂年紀最幼，只取小者食之，此為「推梨」。比喻兄弟間的禮讓及友愛之情。

安期仙棗

典出《史記》和《漢書》所載的安期生神仙故事。意指仙果或珍奇的果品，也用以形容修道成仙之事。

【另見】榛栗棗脩、交梨火棗、付之梨棗

【識別特徵】

灌木或小喬木，具長枝、短枝及無芽小枝，長枝形成「之」字形，具長刺及反曲之刺。葉互生，基部脈三出，卵形至卵狀披針形，長三至八公分，寬二至三．五公分；細鈍鋸齒緣，兩面光滑。花二至四朵叢生葉腋，形成短聚繖狀；花黃綠色，徑〇．六至〇．七公分。核果卵圓形至橢圓形，徑一．八至四公分，熟時暗紅色，味甜，核兩端具銳尖頭。原產於中國，分布在東北、華北、新疆、華中及華南各省。

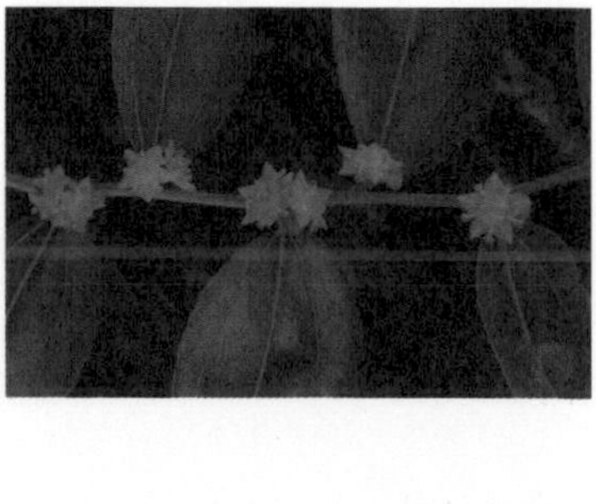

楮

莫辨楮葉。斷墨殘楮。斷縑尺楮。

今名：構樹
學名：*Broussonetia papyrifera*（L.）Vent.
科別：桑科

楮，音楚。構樹是古代重要的經濟樹種，和桑樹一樣，都是所有農書必載的樹種。構樹在《詩經》中稱為「穀」，又有楮、構、穀桑、椹桑等多種稱呼。

《酉陽雜俎》說：「葉有瓣曰楮，五曰構。」即葉有缺刻者稱為「楮」，沒有缺刻者就是「構」。這種說法毫無根據，因為同一株構樹上常同時長有缺刻和不缺刻的葉片，而萌櫱和幼枝上的葉片通常都有缺刻。另外，《圖經》云：「皮斑者是楮，皮白者是穀。」則是以樹皮是否有紫色斑紋來區分兩者。構樹雌雄異株，李時珍觀察到「雄者皮斑而葉無椏叉；雌者皮白而

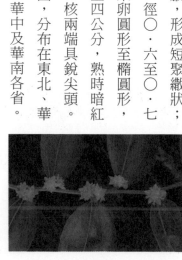

葉有椏叉」。

構樹用途極廣，全株均可利用。葉是牲畜重要的飼料，皮間白汁據說可以治療癬疾。樹皮纖維長而堅韌，可供織布及造紙，太平洋地區的原住民及中國南方少數民族在棉麻布興起之前，多以構樹皮為布；中國及日本的宣紙也多以構樹皮製成。果實桃紅色，食之甘美；木材則是極佳的燃料。東晉陶弘景甚至說採構樹汁和仙丹服用，可以「使人通神見鬼」。

【成語典故】

莫辨楮葉

典出《韓非子・喻老》：「宋人有為其君以象為楮葉者，三年而成。豐殺莖柯，毫芒繁澤，亂之楮葉之中而不可別也。」意即宋有一名巧匠，花三年期間，用象牙雕刻成一片楮葉，放在真楮葉中，人們居然無法分辨真假。意謂分辨不出真假楮葉，比喻技藝高超。一作「刻楮功巧」。

斷墨殘楮

語出明朝王世貞《弇州山人四部稿・題俞紫芝急就章》：「子中獨能尋考遺則於斷墨殘楮，遂與仲溫並驅。」意謂殘缺不全的詩文字畫或典籍。一作「殘楮敗墨」。

斷縑尺楮

語出明朝葉盛《水東日記・王元章畫梅》：「今人間往往

有其所畫梅花，斷縑尺楮，人爭寶之，多元章自書所題其上。」指殘缺不全的書畫。

【識別特徵】

落葉喬木，樹皮深灰色；嫩枝密被絨毛，具乳汁。葉互生，有時對生，卵形至闊卵形，長十至二十五公分，寬八至二十公分，先端銳尖，基部心形至圓形，常二至五深裂，裂片不規則，表面深綠色，被硬毛，背面灰綠色，密被絨毛；邊緣粗鋸齒。葉柄長，密被長毛。托葉顯著，早落。雌雄異株，雄花為圓柱狀，葇荑花序，腋生；雌花序頭狀。複合果球形，徑一．五至二．五公分，熟時橘紅色。分布華北、華中、華南、西南各省，日本、中南半島、太平洋群島及台灣全島平地。

榆

失之東隅，收之桑榆。
豆重榆瞑。屑榆爲粥。

榆樹用途廣泛，自古即為重要的經濟樹種，主要分布於中國北部地區。《爾雅翼》云「秦漢故塞，其地皆榆。塞榆，北方之木也」。兩漢時曾作為漢天子的「社木」（國樹），如《漢書．郊祀志》所言「高祖禱豐枌榆社」，枌和榆都是白榆，意思是說漢高祖以白榆為社神，祈禱物產豐饒。

今名：榆樹
學名：*Ulmus pumila* L.
科別：榆科

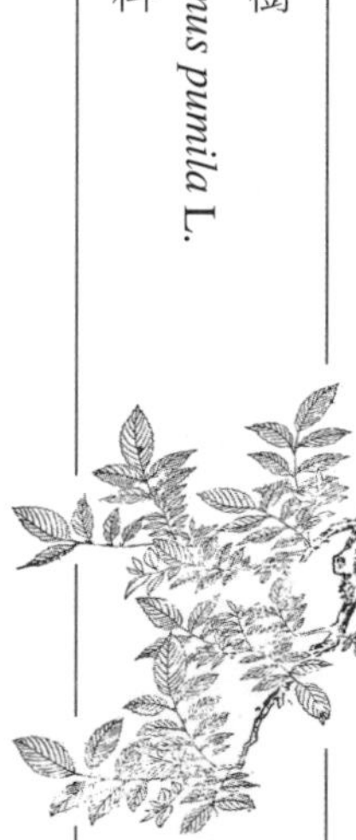

榆的木材可用作建築、農具、車輛、家具，嫩葉、果實及樹皮則是荒年的充飢植物：嫩葉煮羹或熱水淘洗後炒食；形如小錢的翅果（稱為榆錢）可蒸食、釀酒或製成「榆仁醬」，是北方常見的

食品。值得一提的是，榆樹的樹皮剝下之後，刮除表面粗糙的外皮，曬乾後搗磨成粉，蒸食或製成各種燒餅，是歲荒時重要的食物來源，《神農本草經》也說：「榆皮味甘平……久服輕身，不飢。」不過，以榆皮果腹畢竟是饑荒時不得不然的下策，如果平常就「屑榆為粥」，生活的清苦程度則不言可喻。

無論是榆樹的葉或果都有安眠作用，食之都會令人「酣臥不欲覺」，此即豆重榆瞑一詞的由來。

【成語典故】

失之東隅，收之桑榆

語出《東觀漢記．馮異傳》：「垂翅回谿，奮翼澠池，失之東隅，收之桑榆。」意謂在此處失利，卻在他處得償；也比喻為先敗後勝。

豆重榆瞑

語出晉朝嵇康〈養生論〉：「豆令人重，榆令人瞑，合歡蠲忿，萱草忘憂，愚智所共知也。」意謂多食豆類會發胖，多食榆果會令人神昏不清醒。比喻物各有性，本性難改。

屑榆爲粥

語出《新唐書．陽城傳》：「歲饑，屏跡不過鄰里，屑榆為粥，講論不輟。」意即饑荒時，藏跡在家不出門，以榆皮屑煮粥。形容荒年或窮厄時的困苦生活。

【另見】 桑榆暮景

【識別特徵】

落葉喬木，樹皮灰黑色，粗糙，縱裂。葉互生，橢圓狀卵形至橢圓狀披針形，長二至八公分，先端尖，基部稍歪斜；側脈九至十六對；葉緣多為單鋸齒或不規則重鋸齒，葉柄長〇．二至〇．八公分。花簇生於葉腋；無花瓣，萼四裂，雄蕊四。翅果近圓形或倒卵狀圓形，長一至二公分，頂端凹陷，有缺口，成熟後白黃色；種子位於中間。分布於東北、華北、西北各省至江蘇、四川一帶。

椿

椿萱並茂。椿庭萱堂。
椿齡無盡。

香椿嫩芽及幼葉有特殊香味，是著名的木本蔬菜，自古居家附近多有栽種，如《長物志》所云「圃中沿牆宜多植以供食」。香椿的吃法有多種，例如香椿拌豆腐、香椿炒蛋或嫩葉拌鹽醃製成小菜等。其木材為紅色，紋理美觀，材質堅實細緻，加工後不翹不裂，且耐久耐濕，自古即視為良材，可供建築、造船及製作家具之用。

今名：香椿
學名：*Toona sinensis*（A. Juss.）Roem.
科別：楝科

香椿枝葉芬芳，和松柏都屬於「楝樑之材」，自古以來就享有與松柏同等的地位與盛名。《莊子．逍遙遊》：

「上古有大椿者，以八千歲為春，八千歲為秋。」香椿既為長壽之木，因此以「椿庭」喻父；而北堂為母親居住之處，經常種有萱草，遂以「萱堂」喻母。例如唐朝牟融〈送徐浩〉詩云：「知君此去

情偏切，堂上椿萱雪滿頭」；清朝程允升《幼學瓊林》也說：「父母俱存，謂之椿萱並茂。」

香椿的長壽特質，也成為詩人下筆吟詠的重點所在，如女詞人李清照〈長壽樂〉云：「祝千齡，借指松椿比壽」；宋朝廖剛〈望江南〉：「八千椿壽恰逢春」。

【成語典故】

椿萱並茂

語出明朝荑荻散人《玉嬌梨》：「椿萱定然並茂。」意謂雙親健在。

椿庭萱堂

語出明朝朱權《荊釵記》：「不幸椿庭殞喪，深賴萱堂訓誨成人。」意謂父母親。

椿齡無盡

語出宋朝柳永〈御街行〉：「椿齡無盡，羅圖慶，常作乾坤主。」意謂像椿樹一樣長壽，為祝人長壽之辭。

【另見】萱花椿樹

【識別特徵】

落葉喬木，樹皮紅褐色，片狀剝落，幼枝被柔毛。偶數羽狀複葉，揉之有香味；小葉六至十一對，披針狀長橢圓形，長八至十五公分，紙質，兩面均光滑無毛。圓錐花序頂生；花瓣五，白色，有芳香；花絲合生成筒，有孕性雄蕊五，退化雄蕊五。蒴果狹橢圓形，長一・五至二・五公分，五瓣裂；種子橢圓形，一端有長翅。分布於華北、華中及西南，各地均有栽培，台灣亦常見之。

樗

樗櫟庸材。

今名：臭椿
學名：*Ailanthus altissima*（Mill.）Swingle
科別：苦木科

原產於東亞北部與中部。植株外形酷似香椿，葉子上有散發臭味的腺體，植物所有部分都有一種與眾不同的的強烈臭味，因而名之為臭椿。早在《詩經・小雅》中出現：「我行其野，蔽芾其樗」句中之「樗」，就是臭椿。

由於樹形散亂，材質疏鬆，不堪使用，被看作是一種「惡木」，只配用來燒柴，或是用於製作木磚，放在牆根以隔絕潮濕之氣。這種定位為廢物的臭椿樹，常被唐宋文人用來自謙。如唐朝詩人白居易的〈林下樗〉詩云：「知我無材老樗否，一枝不損盡天

年」。幹不通直，小枝彎曲，木材又易腐朽，因此《詩經》之「采荼薪樗」一句，說明臭椿也只能當作薪材使用。

臭椿十八世紀從中國傳至歐洲；一七八四年傳至美國，在十九世紀廣泛用作行道樹，紐約的中央公園就栽種很多臭椿。臭椿會製造「臭椿苦酮」，這種物質會抑制其他植物生長。翅果能隨風飄揚，會迅速傳播至受干擾區。在澳大利亞、美國、紐西蘭和幾個南歐與東歐的國家，臭椿被視為入侵物種。

【成語典故】

樗櫟庸材

古人認為樗（臭椿）、櫟（櫟類）兩類樹的木材質地都不好，都不是良材。比喻沒有才能、不堪造就的人。另作「樗櫟凡材」。

【另見】 樗櫟之身

【識別特徵】

落葉喬木，小枝紅褐色或黃褐色。奇數羽狀複葉，互生，小葉十三至二十五，披針形或卵狀披針形，長七至十二公分，寬二至四公分，頂端漸尖，基部歪斜；葉緣波狀，近全緣，基部具一至四腺齒，散發臭味 葉表面綠色，背面淡綠，被白粉或白柔毛。花序圓錐狀，頂生。翅果扁平，長橢圓形，長三至五公分。分布於東北、內蒙古、西北、華北至華南。

櫟

樗櫟之身。

櫟為殼斗科植物，中國境內的櫟屬（*Quercus*）植物約有五十種，古籍所提到的「櫟」當不止一種，其中以槲櫟及麻櫟（*Q. acutissima* Carr.）分布最廣。櫟類中不乏樹幹粗大通直的樹種，也有分枝多、樹幹彎曲、樹姿扁扇形的樹種。莊子所見者應為樹形寬闊、分枝多的單株。

自古以來樗櫟常並提，用以比喻一無長處的平庸者或作為自謙之詞，如歐陽修〈寓興〉說：「桃李有奇質，樗櫟無妙姿」；蘇東坡〈和穆父新涼〉也說：「常恐樗櫟身，坐纏冠蓋蔓」，都以無用的「樗櫟」自謙。櫟被視為無用之材倒不真確，其實用途極廣：木材硬，耐磨耐擦，是製作車轂、家具及各種器具的好材料；唐朝至清朝的木梳也多以櫟木製作；樹皮和果實的外殼（殼斗）可製染料。至於櫟實雖然味苦，但「換水浸，煮十五次，淘去澀味」後仍可食用。

今名：槲櫟
學名：*Quercus aliena* Bl.
科別：殼斗科

【成語典故】

樗櫟之身

典出《莊子．逍遙遊》：「吾有大樹，人謂之樗。其大本臃腫而不中繩墨，其小枝捲曲而不中規矩，立之塗，匠者不

顧。」意指平庸之人，多用於自謙；也形容因為平庸而得以遠離禍端。

【識別特徵】

落葉喬木，高可達二十公尺。葉長橢圓狀倒卵形至倒卵形，長十至二十二公分，寬五至十二公分，先端微鈍，莖部楔形或圓形，邊緣波狀鈍齒，背面密生灰白色星狀絨毛；側脈十至十五對；葉柄長一至二．五公分。葇荑花序，雄花序數穗集生於葉腋；雌花一至三朵簇生於花序軸下部。殼斗杯形，包被堅果約二分之一，徑約二公分；殼斗外之鱗片覆瓦狀排列。堅果為卵形或橢圓形，徑一．三至一．八公分。產於東北、華北、華東、華南各省海拔八百至一千五百公尺之向陽山坡上。

槐

位列三槐。三槐九棘。槐樹婆娑。
槐花黃，舉子忙。

今名：槐樹
學名：*Sophora japonica* Linn.
科別：蘇木科

槐樹的樹形好，材質重，木材堅硬有彈性，為上等用材，既可供觀賞也可製作器物，為中國北方重要的造林樹種。古代公署、衙門以及殿庭普遍栽植，留下不少樹幹巨大的古槐，成為歷朝詩人吟詠的對象，如元稹〈遣悲懷〉：「野蔬充膳甘長藿，落葉添薪仰古槐。」

漢宮中多植槐樹，稱為「玉樹」，所謂的芝蘭玉樹（意謂教養良好的子弟）、玉樹臨風（形容男子風度翩翩）、玉樹瓊枝（比喻貴家子弟）以及曹植詩「綠蘿緣玉樹」中的玉樹，都是指槐樹而言。唐時「天街兩畔多槐，俗稱為槐衙」，栽植槐樹為行道樹及公署庭院木的情形也可見之於南宋楊萬里的〈槐〉：「陰作官街綠，花開舉子忙。公家有三樹，猶帶鳳池香。」詩中的鳳池指宰相之職，後人遂以「槐位」代表宰相之位。

南柯一夢的故事也與槐樹有關，此成語典出唐朝李公佐的《南柯太守傳》，話說淳于棼酒醉後倚著庭前的槐樹入睡，夢見自己成為大槐安國的南柯太守，並娶公主為妻，享盡富貴榮華。醒後，發現所謂的大槐安國原來是槐樹下的大螞蟻洞。後世遂以南柯一夢或一枕槐安來比喻世事無常，人世繁華如夢一場。

【成語典故】

位列三槐

典出《周禮．秋官》，古代宮廷外種有三株槐樹，朝見天子時，太師、太傅、太保等三公面向三株槐樹而立，因此以三槐為三公之代稱。泛指位高權重的高官。

三槐九棘

周代宮廷外種有槐樹和酸棗（棘），天子會見群臣時，三公面向三株槐而立，其他的官員則分立於九株酸棗樹下，稱三公九卿。亦指位高權重的高官。

槐樹婆娑

語出《世說新語・黜免》記載東晉末，原隨桓玄西逃的殷仲文返回京都出任大司馬咨議，雄心壯志已不如以往。某日瞧見大司馬廳前一株老槐樹，遂感慨道：「槐樹婆娑，無復生意！」意謂老槐枝葉稀疏。比喻年老力衰，前景黯淡。

槐花黃，舉子忙

唐科舉考試未中進士者，六月後未離開京城長安，反而借住於閒宅或寺院，並請人出題為文，投獻給相關官員，以求推薦提拔。此時正當槐花泛黃時，因此時人遂謂「槐花黃，舉子忙」，形容考生準備考試的繁忙情形。

【另見】指桑罵槐

【識別特徵】

落葉喬木，樹皮幼時綠色，老時灰黑色，成塊狀深裂。冬芽披鏽色毛。奇數羽狀複葉，互生，小葉九至十五，卵狀長橢圓形，長二・五至七公分，寬一・五至三公分，先端尖，有小尖頭，表面深綠色，背面深灰綠色，被平伏毛及白粉。頂生圓錐花序，花冠乳白色，長一至一・五公分。莢果肉質，綠色，串珠狀，長三至五公分，不開裂，經冬不落；種子一至六個，深棕色。產於東北、西北及西南等地，黃土高原及華北平原最常見。

曇花

曇花一現。曇花感夢。

今名：優曇花、山玉蘭
學名：*Magnolia delavayi* Franch.
科別：木蘭科

根據《徐霞客遊記》記載，曇花原指木蘭科的「優曇花」（也有桑科的優曇花，見下圖），即「曇花一現」所指的佛教聖花，今名山玉蘭。樹皮入藥，為厚朴的代用品。入夏開乳白色花，花大有芳香；葉革質，色澤濃綠，為極優良的觀賞樹種。目前雲南省昆明溫泉鎮的曹溪寺尚存一株三百多年的老樹。

《滇海虞衡志・志花第九》記載山玉蘭「花青白無豔俗，誠佛家花也。」花開時有如白色蓮花，歷來有「見其花如見我佛」之說，齊武帝夢中所見的曇花也是優曇花。按佛教說法，轉輪王出世，曇花始生。

一般人所謂的曇花則多指仙人掌科的「曇花」〔*Epiphyllum oxypetalum*（DC.）Haw.〕，又名「月下美人」。此曇花原產於美洲（北美南部至南美），是相當普遍的觀賞花卉，台灣的曇花首由荷蘭人於西元一六四五年引進。曇花於夏秋季晚間開花，花型大，開時香氣四溢，在燈光下光彩奪目，十分美

麗。可惜花開僅數小時，旋即凋萎。今人以其花開花謝迅速，也以曇花一現來形容。

【成語典故】

曇花一現

語出《法華經》：「佛告舍利佛，如是妙法……如優曇缽華，時一現耳。」意謂曇花難得出現，數小時即凋萎。比喻美好的事物迅速消失。

曇花感夢

典出《南史．竟陵文宣王子良傳》記載相傳齊武帝子竟陵王子良，信佛虔誠。武帝有病，命子良入殿服侍醫藥。子良延請佛徒於殿前誦經。武帝於夢中見到曇花，須臾甦醒。意謂虔誠信佛而有所感應。

【識別特徵】

常綠喬木，樹皮灰至灰黑色；嫩枝橄欖綠色。葉厚革質，卵狀至卵狀長圓形，長十至二十公分，寬五至十公分，先端圓鈍，基部寬圓，有時略心形，葉背密被長絨毛及白粉，側脈十一至十六對，網狀脈明顯。花單生，直立，芳香，花被片九至十，外輪三片，淡綠色；內二輪，乳白色；雄蕊多數（約二百枚）；雌蕊多數（約一百枚），被細黃色柔毛。聚合果卵狀長圓形，長十至十五公分。分布於四川、貴州、雲南一千五百至三千公尺山區。為佛教聖花。

檗

飲冰食蘗。勵志冰檗。

今名：黃檗
學名：*Phellodendron amurense* Rupr.
科別：芸香科

蘗，音播。黃檗又名檗木、黃柏，根名檀桓。樹皮外白內深黃，自古即為重要的藥材。《神農本草經》列為中品，可治療多種疾病，主要用於降火，如《本草綱目》引古書言知母佐黃檗，滋陰降火，有「金水相生之義」。

黃檗樹皮療效佳但味道極苦，屬於苦口良藥，因此白居易有「三年為刺史，飲冰復食檗。唯向天竺山，取得兩片石」之歎，不僅形容生活清苦，也有懷才不遇的感傷，因此以飲冰茹檗來比喻心中的鬱悶淒苦。此外，古人寫書都用黃紙，謂之「黃卷」。這類黃紙也是用黃檗來染色，利用樹皮中所含的小檗鹼（Barberine,

$C_{20}H_{19}O_{5}N$）來防止蛀蟲啃食書頁。

黃檗有時亦指川黃檗或黃皮樹（*P. chinense* Schneider）。台灣產的台灣黃檗〔*P. amurense* Rupr. var. *wilsonii*（Hay. & Kaneh.）Chang〕，形態類似黃檗，被處理為黃檗的變種。

【成語典故】

飲冰食蘗

語出元朝魚玄機〈書情寄李子安〉：「飲冰食蘗志無功，晉水壺關在夢中。」意謂喝冷水、吃苦味之物。比喻心情抑鬱或生活清苦。一作「飲冰茹蘗」。

勵志冰蘗

語出宋朝鄭興裔《忠肅集》：「臣祖父以來，世守清白，束髮入官，勵志冰蘗。」意謂在艱困的環境中自我激勵。

【識別特徵】

落葉喬木，樹皮厚，木栓層甚發達，內皮黃色，小枝橘黃色。奇數羽狀複葉，對生，小葉五至十三，紙質，卵形至卵狀披針形，長五至十二公分，寬約四公分，先端長漸尖，基部寬楔形，細鋸齒緣，齒緣具毛，幼葉兩面有毛。圓錐花序頂生，花之萼瓣各五，黃綠色。核果球形，漿果狀，徑約一公分，熟時紫黑色。產於東北、華北一千公尺以下山區。

漆

如膠似漆。歙漆阿膠。

今名：漆樹
學名：*Rhus verniciflua* Stokes
科別：漆樹科

從漆樹皮層採集的乳白色汁液，稱漆液，是種天然塗料。漆液因為黏著性強，並能在空氣中乾涸成薄膜，質地堅硬、能耐酸、不易剝離，因而能保護器物不破壞。在漆液中加入各種色料，可在器物表面做圖示或繪畫紋飾，以美化器物。自古以來漆液一直是人類日常生活中，廣泛使用的接著材料及塗料。

漆樹的栽培，春秋戰國以前即已開始。《詩經》早有栽種漆樹的載錄，如〈鄘風・定之方中〉：「樹之榛栗，椅桐梓漆，爰伐琴瑟」，和〈唐風・山有樞〉：「山有漆，隰有栗」，表示中國人栽種漆樹的歷史已超過二千年。西漢時代已大面積造林，《史記・貨殖傳》有「陳夏千畝漆……此其人一千戶侯等」的記載。

漆樹種子可榨油；果皮可取蠟，木材堅實，生長迅速，是塗料、油料和木材兼用樹種。此

外，秋天葉色變紅，也能當成景觀樹種。但樹的汁液有毒性，對生漆過敏者皮膚接觸即引起紅腫、癢痛。

【成語典故】

如膠似漆

典出《韓詩外傳》：「實之與實，如膠如漆。」像膠和漆黏在一起，形容關係極其牢固，最初指朋友情誼，後多用來形容男女之間關係密切。

歙漆阿膠

出自明朝李昌祺《剪燈餘話．卷二．田洙遇薛源聯句記》：「歙漆阿膠忽紛解，清塵濁水何由逢？」意指歙縣的漆和東阿的膠，膠漆相黏，比喻情意相投。

【識別特徵】

落葉喬木，小枝灰白色；芽及嫩枝密生黃褐色毛。奇數羽狀複葉，小葉九至十三，卵狀橢圓形，全緣，基歪；側脈八至十二對，兩面沿中肋有棕色短毛。圓錐花序腋生；花黃綠色。核果扁圓形或腎形，徑〇．六至〇．八公分，中果皮蠟質。除東北各省、新疆、內蒙古之外，其餘各省均產，中國自古即廣泛栽培取漆。

橡

橡飯菁羹。

今名：槲樹
學名：*Quercus dentata* Thunb.
科別：殼斗科

橡樹是殼斗科植物的泛稱，包括麻櫟屬（*Quercus* spp.）、青剛櫟屬（*Lithocarcus* spp.）及苦櫧屬（*Castanopsis* spp.）的各種植物。更確切地說，橡樹通常指麻櫟屬植物，但非特指某一樹種。

橡樹類的果實稱橡子。果實採下無須特別處理即可食用的，主要是板栗屬（*Castanea* spp.）和苦櫧屬的各種植物。板栗屬中國原產三種，自古就是重要的糧食來源。板栗（*C. mollisima* Bl.）茅栗（*C. seguinii* Dode）錐栗（*C. henry*（Skan）Rehd. *et* Wils.）。苦櫧屬的堅果鞣質（單寧酸）含量稍高，許多種類可食，如苦櫧（*C. sclerophylla*（Lindl.）Schott.）的種仁用來製粉條和豆腐（稱苦櫧豆腐）。

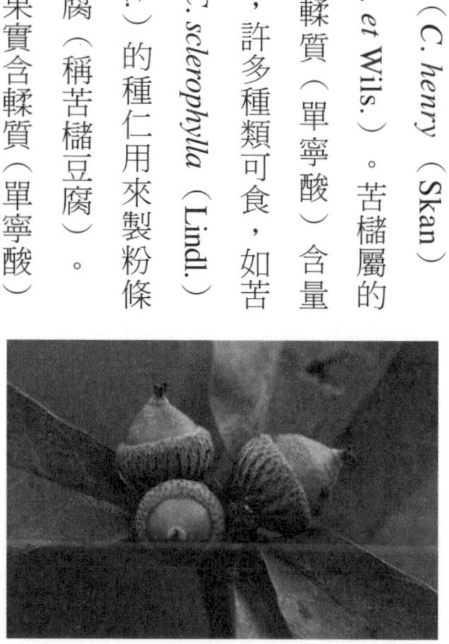

果實含鞣質（單寧酸）較高的種類，經繁複加工處理後，澱粉可作備荒食品、飼料或釀酒原料。麻櫟屬植物的果實，鞣質（單寧酸）較高，有些種類種子含澱粉量高，可供釀酒，或作家畜飼料，如麻櫟（*Q. acutissima* Carr.）、栓皮櫟（*Q. variabilis* Bl.）。少數種類加工後可供食用，如槲樹種子含澱粉百分之五十八點七、丹寧百分之五，可釀酒或作飼料，只有荒年糧食缺乏時才勉強取食。「橡飯菁羹」所用的橡子，不但滋味不如板栗，和五穀類糧食比較更是難以入口，是貧苦人家的食物。

【成語典故】

橡飯菁羹

語出《梁書．列傳第十六》：「或橡飯菁羹，惟日不足。」用橡實當飯，以蔓菁做羹，形容生活極端清苦。

【識別特徵】

落葉喬木，小枝密生黃褐色星狀毛。葉倒卵形，長十至二十公分，葉緣波狀缺刻，缺刻先端鈍，表面光滑；背面密被絨毛及星狀毛；葉至秋變橘黃色。葇荑花序下垂，殼斗鱗片覆瓦狀排列，反曲，紅棕色；堅果卵圓形，徑約一．五公分。分布於山東、河北、陝西、湖北、東北、四川、雲南等地，日本、朝鮮半島亦有分布。

第二章　灌木類

植物學上的灌木指的是分枝低、無明顯主幹、高度較小的樹木。有用的樹木不在其形體的大小，自古以來，人類倚賴藉以生存的灌木種類很多。以中國而言，和人類關係密切的灌木可以從成語使用的灌木類別見其一斑。成語中的灌木包括有果樹、四季花木、庭園綠化灌木和經濟植物等，至少十八種以上。

成語中的灌木果樹有桃、李、杏、枇杷、橘、枳六種，除枳以外都是常見果樹。其中的桃、李不但大江南北均有栽植，也引種至全世界各地，是中國以至全世界最知名的果樹。包含桃和李的中國成語至少有二十條，諸如：「投桃報李」、「李代桃僵」、「桃李滿天下」等人人熟識的成語，說明國人使用及熟悉桃、李的程度。另外，杏的成語為數亦復不少，如「杏林春滿」、「紅杏出牆」等。

四季花木中有桂、榴、紫荊、木芙蓉、牡丹、梅等，此外還包括果樹中的桃、李、杏，此三種灌木雖然以收成果實為主，但其花色豔麗，

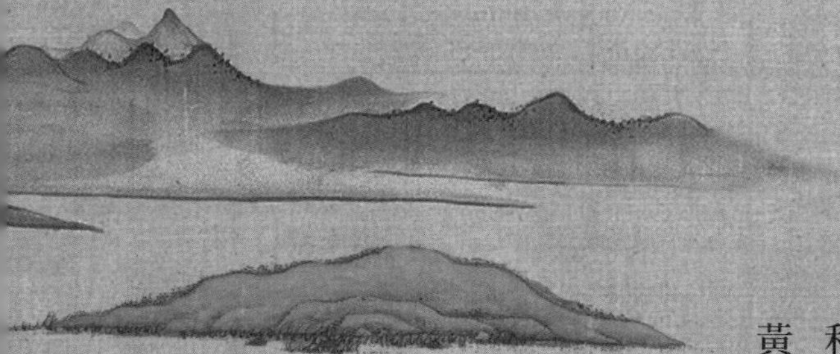

自古就是著名的觀花植物。四季花木中春季開花的種類有紫荊、桃、李、杏、牡丹等，都是原產中國的名花。夏季開花的花木，是西漢時代張騫引自西域的石榴。秋天的代表花木為桂花和木芙蓉，冬季花木有梅花。均有相當數量的成語描述之，如「驛寄梅花」、「桂子飄香」等。

另外有兩種文學上著名，但一般比較不熟悉的綠化樹種為黃楊和鐵樹。衍生的成語有較不常用的「黃楊厄閏」，以及「鐵樹開花」。其他成語中的灌木還有桑、檿（檿桑）、荊（黃荊）、棘（酸棗），其中桑和檿（檿桑）都是古代生產蠶絲的樹種，荊（黃荊）和棘（酸棗）則是黃土高原和華北乾旱地區普遍分布的灌木樹種。

桃

人面桃花。世外桃源。桃之夭夭。二桃殺三士。方朔偷桃。桃符。城中桃李。方桃譬李。河陽一縣花。

今名：桃
學名：*Prunus persica* Batsch.
科別：薔薇科

桃與李的命名都是源自於結實量多，《本草綱目》云：「桃性早花，易植而子繁，故字從木、兆。十億曰兆，言其多也。」由於多果實，後人常以桃李來表示門生之眾，如劉禹錫詩「一日聲名遍天下，滿城桃李屬春官」。

桃樹因為結實快，種植三年就可開花結果，自古即培育為觀花植物與果樹。桃樹不但在中國境內普遍栽植，從漢朝通西域後也快速傳到波斯、印度、希臘、義大利及歐美各國。

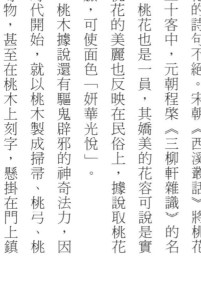

桃花花容穠豔，其色甚媚，從《詩經》以下，歷朝詠桃花的詩句不絕。宋朝《西溪叢話》將桃花列在名花三十客中，元朝程棨《三柳軒雜識》的名花五十客，桃花也是一員，其嬌美的花容可說是實至名歸。桃花的美麗也反映在民俗上，據說取桃花幫小孩洗臉，可使面色「妍華光悅」。

此外，桃木據說還有驅鬼辟邪的神奇法力，因此從春秋時代開始，就以桃木製成掃帚、桃弓、桃人及桃印等物，甚至在桃木上刻字，懸掛在門上鎮宅，稱為「桃符」，後來慢慢演變成現在所見的春聯。每年歲末迎新換貼新春聯，就稱為桃符換舊，即《幼學瓊林》所云「爆竹一聲除舊歲，桃符萬戶更新」。

【成語典故】

人面桃花

語出唐朝崔護〈題都城南莊〉：「去年今日此門中，人面桃花相映紅。人面不知何處去，桃花依舊笑春風。」意謂容貌美麗的女子；或憶舊感傷之詞。

世外桃源

典出晉朝陶潛〈桃花源記〉，意謂與世隔絕的安樂土，或指遁世隱居之處。

桃之夭夭

語出《詩經．周南．桃夭》：「桃之夭夭，灼灼其華。」形容桃花盛開，用來歌詠新婚之樂。

二桃殺三士

典出《晏子春秋．內篇．諫下》，記載春秋時代齊景公有三位勇士：公孫接、田開疆、古冶子。相國晏嬰擔心他們勢力坐大，於是設計讓他們三個爭兩個桃子，後來一一羞愧自殺。意謂計謀殺人。

方朔偷桃

出自西晉張華《博物志》：「王母索七桃，大如彈丸，以五枚與帝，母食二枚……唯帝與母對坐，其從者皆不得進。時東方朔竊從殿南廂朱鳥牖中窺母，母顧之，謂帝曰：『此窺牖小兒嘗三來盜吾此桃。』帝乃大怪之。」吟詠仙家之事或詠桃。

桃符

據說桃木有壓邪驅鬼的作用。古人在辭舊迎新之際，用桃木板寫上「神荼」、「鬱壘」二神的名字，或者用紙畫上二神的圖像，懸掛、嵌綴或者張貼於門首，意在祈福滅禍。

城中桃李

典出唐朝劉禹錫〈楊枝詞〉：「城中桃李須臾盡，爭似垂楊無限時。」城裡的桃花、李花雖豔麗一時，但很快就會凋謝了。比喻小人得志不會長久。

方桃譬李

南朝梁簡文帝蕭綱〈箏賦〉：「乃有燕餘麗妾，方桃譬李，本住南城，經移東里。」能與美豔的桃花、李花相比。形容女子美麗嬌豔。

河陽一縣花

西晉潘岳曾任河陽縣令，遍植桃李，傳為美談。唐李商隱〈縣中惱飲席〉詩中用了此典故：「若無江氏五色筆，爭奈河陽一縣花。」用作詠花之詞，比喻地方之美，或喻地方官善於治理。

【另見】凡桃俗李、公門桃李、夭桃穠李、投桃報李、李代桃僵、桃李滿天下、杏臉桃腮、「桃李不言，下自成蹊」

【識別特徵】

落葉灌木或小喬木。葉卵狀披針形至長橢圓狀披針形，長八至十二公分，寬二至三公分，細鋸齒緣，兩面通常無毛，揉之有杏仁味。葉柄長一至二公分，近葉基處有腺點。先葉開花，花單生，瓣粉紅色。核果卵形至球形，徑四至七公分，外密被絨毛，內果皮硬，外具皺紋。產於河北、河南、山東、山西等省及西北、西南及長江流域各省。自古即為廣泛栽培的果木，栽培歷史超過三千年。

李

夭桃穠李。李代桃僵。投桃報李。桃李滿天下。桃李不言，下自成蹊。公門桃李。凡桃俗李。賣李鑽核。

今名：李
學名：*Prunus salicina* Lindl.
科別：薔薇科

李樹結實纍纍，因此以「木之多子者」作為「李」字。李子是夏季的水果，據說「立夏含李，能令顏色美」，因此舊日婦女常會飲用加了李汁的酒（稱為「駐色酒」）來養顏。

中國栽培李樹的歷史已有三千年以上，《詩經》、《爾雅》及《管子》都有提及。經過數千年的栽植選育，李樹已發展出許多優良品種。「賣李鑽核」中所賣之李，就是當時培育出來的優良特殊品種，因彼時無「專利法」的保障，良種的擁有者只能出此下策。自古桃李常並稱，兩者均是結實多的果樹，用以形容師出同門的學生門徒，例如「門牆桃李」，門牆指老師之門，桃李以喻培養出來的學生及「桃李成陰」等。其他桃李並稱的成語，數量很多，有夭桃穠李、投桃報李、李白桃紅、公門桃李、凡桃俗李等。

【成語典故】

夭桃穠李

典出《詩經．周南．桃夭》：「桃之夭夭，灼灼其華。」及〈召南．何彼穠矣〉：「何彼穠矣，華如桃李。」比喻年少美貌，用作婚娶頌辭。

李代桃僵

語出《宋書・樂志三・雞鳴》：「桃生露井上，李樹生桃旁。蟲來齧桃根，李樹代桃僵。樹木身相代，兄弟還相忘。」意謂發生蟲害時，李樹比桃樹先遭啃食而枯死。原用以比喻兄弟互助之情，後引申為頂替或代人受過。

投桃報李

典出《詩經・大雅・抑》：「投我以桃，報之以李。」意謂禮尚往來，互相贈答。

桃李滿天下

典出唐朝白居易〈奉和令公綠野堂種花〉：「令公桃李滿天下，何用堂前更種花？」意謂學生遍布各地。一作桃李滿門。

桃李不言，下自成蹊

典出《史記・李將軍列傳》，稱許他人名實相副，不必自誇自擂，就能獲得他人支持。

公門桃李

語出《資治通鑑・唐紀・則天后久視元年》：「天下桃李，悉在公門矣。」意謂推薦賢士。

凡桃俗李

語出王冕〈題墨梅圖〉：「凡桃俗李爭芬芳，只有老梅心自常。」喻庸俗之人。

賣李鑽核

南朝宋劉義慶《世說新語．儉嗇》中提到：「王戎有好李，賣之，恐人得其種，恆鑽其核。」賣李前先鑽破李子的硬核，防止別人用果核繁殖，可知農民間互相競爭的激烈程度。後世遂用賣李鑽核一詞來形容極端自私的行為。

【另見】瓜田李下、浮瓜沉李

杏

杏林春滿。杏臉桃腮。紅杏出牆。緇林杏壇。望杏瞻榆。杏雨梨雲。杏花菖葉。

據古文獻所載，早在二千五百年之前中國已有杏樹的栽培了，如《管子》中就提到：「五沃之土……其梅其杏。」杏的葉和花都與梅類似，但杏葉圓而有尖、花微紅而晚開、果核扁，以及中果皮容易和核分離，都與梅花有所差別。

【識別特徵】

落葉灌木至小喬木。葉橢圓形至橢圓狀倒卵形，長五至八公分，寬三至四公分；葉緣細鋸齒；葉柄長約一公分，葉柄近葉基處有腺點。花二至三朵簇生，先葉開放，花白色；雄蕊多數。果球形，徑四至六公分，上有一縱溝，有光澤並被有蠟粉。原產於中國大陸。李的栽培歷史悠久，且分布很廣，品種極多。

今名：杏
學名：*Prunus armeniaca* L.
科別：薔薇科

傳說孔子愛杏，講學之處種有很多杏樹，因此後世遂稱講學的地方為「杏壇」。這就是「緇林杏壇」成語之所出，山東曲阜孔廟大成殿前的杏壇就植有杏樹。古代皇帝特意闢建的「杏園」，是專為新科狀元遊宴之用。劉滄〈及第後宴曲江〉：「及

第新春選勝遊，杏園初宴曲江頭」，描寫的就是當年新科狀元遊杏園的情景。

美麗的杏花也成了詩人筆下寫情寫景的對象，「紅杏枝頭春意鬧」寫出了滿樹杏花的熱鬧氣氛；而雨下在清明前後，則成了令人傷感的「杏花雨」，如南宋釋志南〈無題〉的名句：「沾衣欲濕杏花雨，吹面不寒楊柳風」。此外，古人也用「杏花村」來代表出產美酒或賣美酒的地方，如杜牧〈清明〉所言：「借問酒家何處有，牧童遙指杏花村。」

【成語典故】

杏林春滿

典出《太平廣記．神仙十二》，提及三國吳人董奉，居山中為人免費治病，只要求病重而癒者栽杏五株，病輕者栽杏一株。如此數年後，計得十萬株杏。意謂醫術高明。一作「董奉杏林」。

杏臉桃腮

語出元朝王實甫《西廂記》：「杏臉桃腮，乘著月色，嬌滴滴越顯得紅白。」形容女子容顏豔麗。

紅杏出牆

語出宋朝葉紹翁〈遊園不值〉：「春色滿園關不住，一枝紅杏出牆來。」意謂不守婦道。

緇林杏壇

典出《莊子．漁父》：「孔子遊乎緇帷之林，休坐乎杏壇之上。」意指授徒講學之處。

望杏瞻榆

典出《隋書．音樂志下》：「瞻榆束耒，望杏開田。」望著杏花開，看著榆果落。按季節耕作，不誤農時，形容人勤勉過日子。一作「望杏瞻蒲」。

杏雨梨雲

典出明朝許自昌《水滸記．第三十一齣冥感》：「慕虹霓盟心，蹉跎杏雨梨雲，致蜂愁蝶昏。」杏花如雨，梨花似雲。形容春天景色美麗。

杏花菖葉

典出南朝齊王融〈永明九年策秀才文〉：「將使杏花菖葉，耕獲不愆。」杏樹開花、菖蒲長葉的時候，指耕種的最佳時期，引申為不違農時，及時耕作，就會豐收。

【識別特徵】

落葉喬木，樹皮黑褐色，不規則縱裂，小枝紅褐色，有光澤。葉互生，卵形至近圓形，長五至九公分，寬四至八公分，先端短尖頭，基部圓或銳，邊緣圓鈍鋸齒；葉柄長二至三公分。花單生，先葉開放，花徑二至三公分，無梗或梗極短，花瓣白色或稍帶紅色；雄蕊多數。核果球形，徑二至三公分，黃白色至黃紅色，常有紅暈；種子扁圓形。原產於西北、華北地區，各地有栽培。

梅

梅妻鶴子。青梅竹馬。青梅煮酒。望梅止渴。
摽梅之候。傳說鹽梅。壽陽梅妝。驛寄梅花。

今名：梅
學名：*Prunus mume* Sieb. *et* Zucc.
科別：薔薇科

最早記載梅的古籍是《詩經》，《詩經》各篇中的梅，多取梅實為食而非觀賞用。《禮記》〈內則〉也說：「瓜桃李梅……皆人君燕食所加庶羞也」，說明梅實是君王的日常食品。此外，古人還以梅實祭神。梅實在古代主要作為調味用；也「可含以口香」，作用就像現代的口香糖。賞梅、詠梅的風氣大概在南北朝之後才出現，首由梁簡文帝的〈梅花賦〉開其端，此後文人雅士才陸續跟進，有些人甚至愛梅成癡。

梅花色白雅潔，在冬末春初開花，相較於桃花，「梅花優於香，桃花優於色」。梅花的樹姿優雅，枝幹蒼古，植為盆景、庭木尤富觀賞價值。古人有「賞梅四貴」流傳：貴稀不貴繁、貴含不貴開、貴老不貴嫩以及貴瘦不貴肥。前二者指的是梅花，後二者評鑑的是枝幹。近代觀賞用梅花，亦多有粉紅色及紅色品種。

【成語典故】

梅妻鶴子

語出清朝吳之振《宋詩鈔．和靖詩鈔．序》：「逋不娶，無子，所居多植梅畜鶴。泛舟湖中，客至則放鶴致之，因謂梅妻鶴子云。」形容山林隱逸的生活。

青梅竹馬

典出唐朝李白〈長干行〉：「郎騎竹馬來，繞床弄青梅。同居長干里，兩小無嫌猜。」形容小兒女天真無邪的親暱樣子。

青梅煮酒

典出羅貫中《三國演義．第二十一回》記載漢末，曹操邀約劉備至相府外的小亭邊賞梅飲酒，曹、劉二人在此共論天下英雄，故謂「青梅煮酒論英雄」。意指集會共論天下事。

望梅止渴

典出《世說新語．假譎》：「魏武（曹操）行役，失汲道，軍皆渴，乃令曰：『前有大梅林，饒子，甘酸，可以解渴。』士卒聞之，口皆出水。」意謂憑想像或空想聊以自慰。

摽梅之候

典出《詩經．召南．摽有梅》：「摽有梅，其實七兮；求我庶士，迨其吉兮。」意謂女大當嫁或男大當婚的年齡。

傳說鹽梅

商代的賢王武丁曾這樣稱讚他的相國傳說：「若作酒醴，爾惟麴糵；若作和羹，爾惟鹽梅。」因為鹽和梅是古代飲食中不可或缺的調味品，一如忠臣之於國家。

壽陽梅妝

典出《太平御覽》引《雜五行書》記載，有梅花落在壽陽公主額上，成五出花，擦拂不去，宮女競相仿效。用以形容女子面貌姣好或妝扮得體。又作「梅花點妝」。

驛寄梅花

典出三國陸凱〈贈范曄〉詩：「折梅逢驛使，寄與隴頭人。江南無所有，聊寄一枝春。」請郵差寄送梅花，比喻向遠方友人表達思念之情。

【識別特徵】

落葉小喬木，枝平滑。葉卵形，長五至八公分，先端長尾尖；邊緣細鋸齒。葉柄長約一公分，近葉基有兩腺體。花先葉開，單生或二至三朵簇生；花瓣白色，有時淡紅色，有淡香；雄蕊多數，心皮一，密生短柔毛。核果近球形，兩邊稍扁，外果皮有溝，徑二至三公分，被短絨毛，味道極酸。原產於中國西南，目前各地均有栽培，發展出許多品種，有果用梅及花用梅之分。

枇杷

枇杷門巷。

枇杷枝肥葉長，葉大如驢耳，背有黃毛，形似琵琶，因此而得名。枇杷原產於中國南部溫暖多雨的地區，栽培歷史約有二千年。劉歆在《西京雜記》中早已提及。漢武帝「初修上林苑，群臣遠方各獻名果異樹，有枇杷十株……」漢朝的上林苑是世界最早的植物園，當時栽種的各類奇花異樹中，已經包括南方的果樹枇杷。日本所栽植的枇杷應該是唐朝時傳過去的，因此日人以「唐枇杷」命名。

今名：枇杷
學名：*Eriobotrya japonica*（Thunb）Lindl.
科別：薔薇科

枇杷在古代是名貴

水果，由盛產的南方進貢皇室，供祭祀之用，如《舊唐書》記載「詔山南枇杷、江南柑橘歲一貢以供宗廟。」枇杷產果於夏季，范汪《祠制》曰：「孟夏祭用枇杷」，可知官方與民間在夏季祭祀中都以枇杷為供品。

枇杷盛產時節，每枝結果數十粒，滿樹金黃，極為壯觀，此景即所謂「一梢滿盤，萬顆綴樹」。梅盛俞詩說得最好：「五月枇杷黃似菊，誰思荔枝同此時」，枇黃荔紅，結實串綴各擅其長。唐朝蜀中名妓薛濤能詩善歌，人稱女校書，其住處即種有枇杷樹，文人才子常穿梭樹下。後人就以批杷門巷泛指妓院。

【成語典故】

枇杷門巷

典出唐朝王建〈寄蜀中薛濤校書〉：「萬里橋邊女校書，枇杷花裡閉門居。掃眉才子知多少，管領春風總不如。」原指唐代名樂妓薛濤住處，後泛指妓院。

【識別特徵】

常綠小喬木，小枝黃褐色，被鏽色絨毛。葉互生，革質，短柄或幾近無柄，葉片長橢圓形至倒卵狀披針形，長十二至三十公分，寬三．五至九公分，先端尖，疏鋸齒緣，表面深綠色，基部楔形或漸狹成葉柄，表面光滑，背面及葉柄被鏽色絨毛。頂生圓錐花序；花瓣五，白色，有芳香；子房下位，五室，花柱五。梨果卵形至長圓形，黃色至橙色。產於華東、華中及華北。

桂

蟾宮折桂。食玉炊桂。桂子飄香。竇家丹桂。

天然的桂花樹多叢生於巖嶺之間，因此又名為巖桂，木材「紋理如犀」，又名木樨。因花色不同而分為許多品種，白色花者稱為「銀桂」；黃色花者稱為「金桂」；紅色花者稱為「丹桂」。桂花是栽植普遍的木本香花植物，「清曉朔風，香來鼻觀，真天芬仙馥也。」花則可入茶飲用。

自古以來，即以桂為月的代稱，唐朝段成式

今名：桂花
學名：*Osmanthus fragrans* Lour.
科別：木犀科

《酉陽雜俎》：「舊言月中有桂，有蟾蜍。故異書言月桂高五百丈，下有一人常斫之，樹創隨合。人姓吳名剛，西河人，學仙有過，謫令伐樹。」這就是民間盛傳的「吳剛斫桂」。農曆八月間常有桂子落於天竺，稱「月桂落子」；四、五月可在道路間拾得月桂子，「子大如貍豆，破之辛香」，古代相信這是月中桂花樹所落下者。

古人也以蘭桂騰芳比喻子孫昌盛顯達，如同蘭桂一齊散發芳香。此成語典出《晉書》〈謝玄傳〉，話說謝安淝水一戰大勝，與謝石、謝玄等人同以功勞封爵，一門多人受此殊榮，國人譬之為「蘭桂騰芳」。

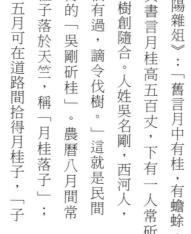

【成語典故】

蟾宮折桂

典出唐朝溫庭筠〈春日將欲東歸寄新及第苗紳先輩〉：「猶喜故人先折桂，自憐羈客尚飄蓬。」意謂在月宮中折桂，比喻科舉時代高中進士。又作「折桂攀蟾」、「月中折桂」。

食玉炊桂

語出《戰國策》：「楚國之食貴於玉，薪貴於桂……今令臣食玉炊桂，因鬼見帝。」意謂食物比玉貴，薪材比桂花貴，指物價高昂。一作「爨桂炊玉」或「米珠薪桂」。

桂子飄香

語出唐朝宋之問〈靈隱寺〉：「桂子月中落，天香雲外飄。」意謂中秋節前後桂花散發香氣，以喻佳景宜人。

竇家丹桂

語出《宋史．竇儀傳》：「靈椿一株老，丹桂五枝芳。」稱頌他人父子之辭。

【識別特徵】

常綠灌木或小喬木。葉對生，革質，橢圓形至橢圓狀披針形，長五至十二公分，寬三至五公分，幼樹者有疏鋸齒，大樹之葉則多全緣，兩面光滑無毛。花三至五朵組成聚繖花序或簇生葉腋，花冠為白色、黃色或橘紅色，有濃郁香味，花冠筒極短，四裂；雄蕊二。核果橢圓形，長一至一．五公分，熟時紫黑色。原產於中國西南各省，目前各地均有栽培。

桑

指桑罵槐。桑樞甕牖。桑榆暮景。滄海桑田。桑弧蓬矢。桑林禱雨。磐石桑苞。

今名：白桑
學名：*Morus alba L.*
科別：桑科

古代視桑樹為最有價值的經濟樹種，與國計民生關係最為密切。歷代農書都有桑樹的載錄，遠如南北朝賈思勰的《齊民要術》，近如清代張宗法的《三農紀》，都有專章專節說明栽種桑樹的方法。天地四方，無不養蠶種桑，連天子諸侯都「必有公桑蠶室」（公桑即官家之桑）。孟子說：「五畝之宅，樹之以桑，五十者可以衣帛也。」可見古代種桑的普遍和桑樹的重要性。

由於桑樹與梓樹同是古時民宅附近最普遍的植物，遂以「桑梓」作為故鄉的代稱。由「滄海桑田」、「飽經滄桑」等成語可以知道，在古人的觀念裡桑田的地位等同於今日的水田。

桑葉飼蠶，桑椹味甜可食，可用以救荒充飢或釀酒。此外，取十至十五年樹齡的桑木可製弓（稱為桑弧）或製作木屐及刀把等；二十年樹齡的桑木則可做「犢車材」（製造牛車）。

【成語典故】

指桑罵槐

典出明朝蘭陵笑笑生《金瓶梅詞話・第六十二回》：「八月裡哥兒死了，他每日那邊指桑樹罵槐樹，百般稱快。」指著桑樹罵槐樹，比喻不從正面卻利用別的方面來影射罵人。

桑樞甕牖

典出《莊子・讓王》：「蓬

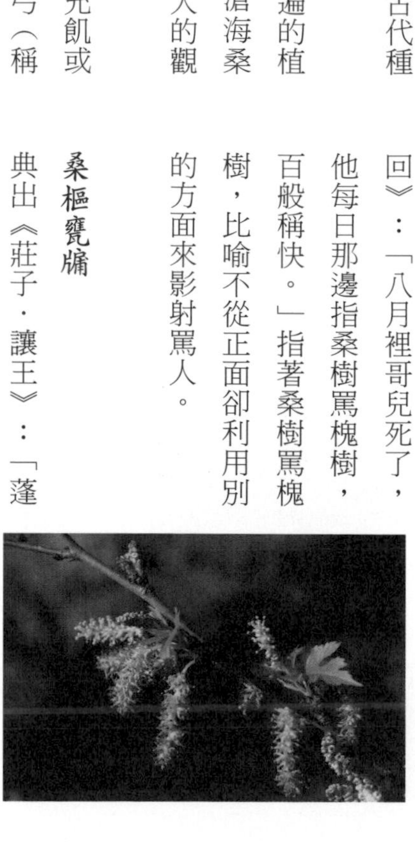

戶不完，桑以為樞而甕牖。」意謂用桑木做門軸，以破甕為窗子。比喻貧寒人家。

桑榆暮景

典出漢朝劉安《淮南子》：「日西垂景在樹端，謂之桑榆。」意謂已到垂暮之年。

滄海桑田

典出晉朝葛洪《神仙傳》：「麻姑自說云：『自接侍以來，已見東海三為桑田。』」意謂大海變為桑田，比喻世事變化很大。

桑弧蓬矢

典出《禮記・內則》：「射人以桑弧蓬矢六，射天地四方。」古代諸侯得子，以桑木製弓，蓬梗做箭，射天地四方，象徵兒子長大成人之後，能抵四方之難、光大祖業。舊時常用為祝人得子的賀詞，也泛指男兒志在四方。

桑林禱雨

《呂氏春秋・季秋紀・順民篇》記載商湯在位時，大旱七年，占卜者說得殺一人祭天，商湯認為應該犧牲他自己。比喻為民請罪，勇於自責。

磐石桑苞

典出《易經・否卦》：「繫於桑苞」，「桑苞」即「桑本」。比喻安穩牢固。

【另見】 敬恭桑梓、「失之東隅，收之桑榆」

【識別特徵】

落葉喬木或灌木。葉互生，卵形或闊卵形，長五至十五公分，寬五至十二公分，先端急尖至長尾狀，基部心形至淺心形，表面鮮綠色，葉背沿脈有疏毛，腋交叉處有簇毛；粗鈍鋸齒緣。花單性，雄花序下垂，長二至三．五公分，密被白色柔毛；雌花序長一至二公分，被毛。聚合果（椹果）卵狀橢圓形，長一至二．五公分，成熟時紅色或暗紫色。原產於華北和華中，目前世界各地均有栽培。

檿

檿弧箕服。

今名：山桑
學名：*Morus mongolica* Schneid.
科別：桑科

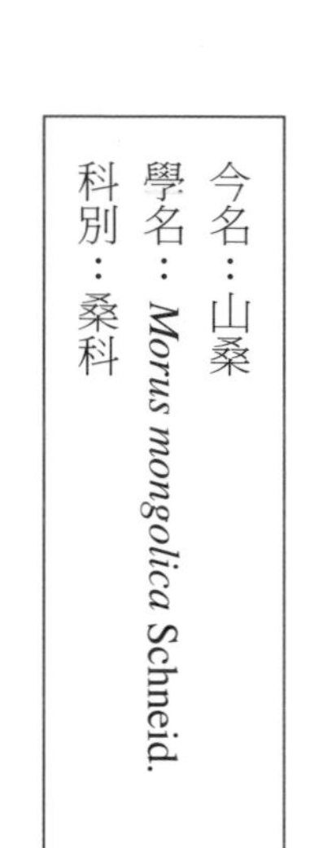

檿，音掩。桑樹類全世界有十二種，產於中國者有九種，山桑即為其一。山桑，又名檿桑或蒙桑，和白桑在形態上有很大的差別，除葉形不同外，山桑的樹形亦較矮小，分布於黃河以北及西南較高海拔處，華南地區較為少見。

山桑可用以飼蠶，所得蠶絲較強韌，可做琴弦，即所謂「檿桑蠶絲，中琴瑟弦」。山桑材質堅硬，最適合製作弓弩，就弓材而言，僅次於桑科的柘樹〔*Cudrania tricuspidata*（Carr.）Bur.〕，所以《考工記》說：「弓人取幹，柘為上，檿桑次之。」檿弧箕服的「檿弧」就是以山桑製成的弓弩。

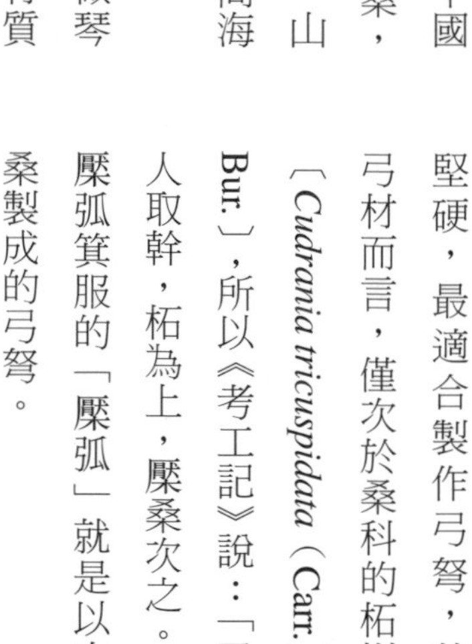

山桑的其他用途類似白桑：樹皮纖維長可製桑皮紙；木材除製弓外，尚可製作農具及雕刻等；椹果則可釀酒及製造果醬。

【成語典故】

檿弧箕服

《國語．鄭語》記載西周時，有童謠「檿弧箕服，實亡周國」一流傳，王室遂下令凡是出售此二物者均格殺勿論。不過周宣王死後，繼位的幽王寵愛褒姒，致使國家大亂。申侯聯合犬戎以攻幽王，殺之於驪山，西周終於亡國。意謂山桑製成的弓箭及箕草編成的弓袋，會導致周朝亡國。比喻為兵刀之禍的凶兆。

【識別特徵】

落葉灌木或小喬木。葉互生，卵形至橢圓狀卵形，長八至十二公分，寬六至七公分，先端尾尖，基部心形；葉緣整齊粗鋸齒，先端銳，長達〇．三公分；葉不裂或極稀三至五裂；初有毛。葉柄極長，長三至六公分。花雌雄異株，腋生雄花序穗狀，長三公分；雌花序圓柱狀，長約一．五公分，花柱顯著，二裂。椹果圓柱形，長一．五公分，熟時紅紫色至黑色。分布於華北各省、東北南部、華中、西北及西南各省。

荊

負荊請罪。披荊斬棘。荊天棘地。荊釵布裙。
班荊道故。披苫蒙荊。

今名：黃荊
學名：*Vitex negundo* L.
科別：馬鞭草科

黃荊分布範圍極廣，屬於乾燥氣候區的優勢樹種。常生長在土壤貧瘠的山區岩石地或沖積石礫地，和棘等多種灌木混生，所以有荊棘叢生、荊棘載途、荊天棘地、披荊斬棘等成語出現。

黃荊到處可見，古人伐採為薪材，如《詩經》所言之「翹翹錯薪，言刈其楚。」楚即黃荊。明朝李時珍《本草綱目》記載黃荊「處處山野皆有，樵採為薪」。用途古今相同。古時貧婦常採黃荊枝條作為髮釵，後世遂以「拙荊」來謙稱自己的妻子。

黃荊和另一樹種楸樹，自古都是刑具的材料，即《禮記．學記》所說：「夏楚二物，收其威也。」夏通「榎」，今名楸樹；楚為黃荊。長久以來，黃荊都被當作是刑罰或懲罰的象徵，因此廉頗登門請罪時才會「負荊」，以示誠心認錯。

【成語典故】

負荊請罪

典出《史記．廉頗藺相如列傳》：「廉頗聞之，肉袒負荊，因賓客至藺相如門謝罪。」意謂背著荊條請罪，用以形容犯錯後，虛心認錯賠罪。一作「肉袒負荊」。

披荊斬棘

典出《後漢書．馮異傳》：「帝謂公卿曰：『是我起兵時主簿也，為吾披荊棘定關中。』」意謂斬除路上的荊棘，比喻創業艱難。

荊天棘地

語出清朝黃小配《廿載繁華夢・第三十六回》：「周庸祐這時在上海，正如荊天棘地……查得十分嚴密，這樣如何逃得出？」意謂處境艱險，令人動彈不得。

荊釵布裙

語出《太平御覽》引《列女傳》：「梁鴻妻孟光，荊釵布裙。」意謂用荊條做釵，以粗布為衣。形容婦女服裝樸素，多指貧家婦女的裝束。

班荊道故

典出《左傳・襄公二十六年》：「伍舉奔鄭，將遂奔晉……班荊相與食，而言復故。」意謂以黃荊鋪地而坐，共敘舊事。用以形容老友重逢，暢談往事。

披苦蒙荊

語出《左傳・襄公十四年》：「乃祖吾離被苦蓋，蒙荊棘，以來歸我先君。」指受盡艱難，吃盡苦頭。

【另見】銅駝荊棘

【識別特徵】

落葉灌木，小枝四稜，密被絨毛，全株有香味。掌狀複葉，對生，小葉三至五，橢圓狀卵形；由於分布範圍廣，葉形變異極大，小葉有全緣、疏鋸齒緣、粗鋸齒以及缺刻狀鋸齒者。背面密生灰白色細絨毛。頂生圓錐花序，長十至二十五公分；花冠淡紫色。果球形，黑褐色。分布於華北、西北以及華南各省，台灣則產於南部及恆春半島，亞洲南部、日本、南美洲亦產。

棘

鉤章棘句。桃弧棘矢。
胸中柴棘。銅駝荊棘。

今名：酸棗
學名：*Zizyphus jujuba* Mill. var. *spinus*（Bunge）Hu *ex* Chow
科別：鼠李科

在淮河流域以北，凡向陽、乾燥的山坡、丘陵地及沖積平原，都有酸棗分布。由於酸棗全株多刺，又名為「棘」，後來凡是具刺的灌木都泛稱為「棘」。古時為了避免科舉考試的考生在考試或發榜時鬧場，特別在考場外圍放置「棘」（主要為酸棗），功能類似現代的鐵製刺網，因此試院又稱棘圍、棘院或棘闈。

酸棗的心材紅赤色，代表「赤心」，象徵臣子對君主的效忠之心。從前總掌獄訟刑罰等司法政務的大司寇，必須「樹棘槐，聽訟於其下」，隨時警惕自己要稟心公正，勿枉勿縱。酸棗多刺的特徵也用於形容思親之痛，如《詩經・邶風・凱風》云：「凱風自南，吹彼棘心。棘心夭夭，母氏劬勞。」《楚辭》中也有一段以棘警世的故事，即〈天問〉篇：「何繁鳥萃棘，負子肆情？」據傳楚國的解居父受聘於吳，上任途中經過陳國墓門，見一背著孩子的婦人，頓起邪淫之思。婦人見狀，引用《詩經・陳風・墓門》：「墓門有棘，有鴞萃止」諷刺，表示現在雖然四下無人，但墓門酸棗樹上卻還有群

鴞目睹此事。後世遂以繁鳥萃棘比喻不做虧心事。

【成語典故】

鉤章棘句

語出韓愈〈貞曜先生墓誌銘〉：「鉤章棘句，掐擢胃腎。」意謂文章用字生僻，文句不流暢。

桃弧棘矢

典出《左傳．昭公四年》：「桃弓棘矢，以除其災。」意謂以桃木為弓，用棘為箭，有辟邪驅鬼之意。

胸中柴棘

語出《世說新語．輕詆》：「人謂庾元規名士，胸中柴棘三斗許。」比喻居心險惡。

銅駝荊棘

典出《晉書．索靖傳》：「靖有先識遠量，知天下將亂，指洛陽宮門銅駝，歎曰：『會見汝在荊棘中耳！』」形容亡國後京城的殘破景象，也用以表示對時事動亂的不祥預感。

【另見】披荊斬棘、荊天棘地

【識別特徵】

落葉灌木，僅具長枝，枝條幼時黃綠色，小枝「之」字形曲折，枝上的刺有兩種：一種為直刺，長一至二公分，一種刺反曲，長約〇．五公分。葉互生，長卵形至圓狀卵形，基部脈三出，長一．三至三公分，寬〇．六至一．二公分，細鋸齒緣，兩面光滑。花二至三朵簇生葉腋，花黃綠色，花瓣五，花盤十淺裂。核果近球形，徑〇．六至一．二公分，成熟時為暗紅色，果肉薄，味酸，核兩端常鈍頭，球形。產於華北、內蒙古、新疆、東北、江蘇及安徽等地。

黃楊

黃楊厄閏。

今名：黃楊
學名：*Buxus sinica*（Rehd. *et* Wils.）Cheng
科別：黃楊科

黃楊木理細膩堅緻，生長速度極慢，是非常優良的雕刻用材，「作梳、剜印最良」。台灣原生的黃楊有台灣黃楊、琉球黃楊等數種，除雕刻神像及藝術品外，民間也多取來刻製印章。

古人深信採伐黃楊木要有一定的時間，如《酉陽雜俎》云：「取此木必以陰晦，夜無一星則伐之為枕不裂。」至於黃楊「歲長一寸……至閏年反縮一寸」的荒誕說法，根本違反科學原理。樹木生長包括高生長（往上拔高）及木材

生長（即樹幹加粗），木材生長是次生木質部長年的累積，黃楊的樹幹生長量無法「歲長一寸」也不可能「倒長一寸」。樹高生長可能因病蟲害或風折，而產生「倒長一寸」的情形，但不會只在閏年發生。不過古人多以閏年為不祥，認為閏年時常會發生旱災或蟲害，讓黃楊產生頂枯情形，用此來解釋「黃楊厄閏年」一說還比較能說得通。

若根據《爾雅》的記載，「厄閏」的植物可不止黃楊一種，梧桐、蒺藜、茭白筍等植物都會產生「厄閏」現象。

【成語典故】

黃楊厄閏

語出北宋陸佃《埤雅・釋木》：「黃楊木性堅緻難

長，俗云，歲長一寸，閏年倒長一寸。」古時傳說，黃楊木碰到閏年，不成長，反而會縮短。意謂際遇困厄，時運不好；或指詩文沒有長進。

【識別特徵】

常綠灌木或小喬木，枝四稜，小枝及冬芽外部有短毛。葉革質對生，卵形至橢圓形，長一至三公分，先端圓或凹，全緣，表面基部有毛，背面光滑。花簇生於葉腋或枝端，單性花，雌雄同株，先端為一雌花，其餘為雄花。花無瓣；雌花萼片六，花柱三，子房三室；雄花萼片四，雄蕊四。蒴果卵形，三裂瓣，瓣兩側宿存有二裂花柱。原產於華中及華南各省。

榴

榴實登科。石榴裙底。

據《太平御覽》引三國陸璣〈與弟雲書〉：「張騫為漢出使外國十八年，得塗林（波斯）安石榴也。」石榴係張騫出使西域時，由安石國引進中原地區，因此以「安石」為名；又因其果實狀似巨瘤，遂稱為「安石榴」或「石榴」。

今名：石榴、安石榴
學名：*Punica granatum* L.
科別：安石榴科

石榴花紅豔似火，綠葉扶花，賞心悅目，漢武帝特別在上林苑中栽種欣賞。歷代詩人及畫家也喜歡以石榴為描繪對象，如蘇東坡詩云「石榴有正色，玉樹真虛名」，以及王安石的「萬綠叢中紅一點，動人春色不須多」。石榴的花色除大紅色外，還有粉紅、黃色及白色等：花紅如火者稱為「紅石榴」；黃中帶白者為「黃石榴」；潔白似玉者為「白石榴」；紅底黃紋者則稱為「瑪瑙石榴」，此外，尚有植株矮小的「火石榴」。

石榴果實內的種子外皮肉質透明，可供食用。由於種子甚多，有多子多孫之兆，因此民間常用以餽贈新婚夫妻。石榴也是富貴吉祥的象徵，國人常以「五月榴花紅似火」比喻朝氣蓬勃及丹心赤誠。石榴的樹皮、根皮及果皮可提製栲膠，亦為黑色染料。

【成語典故】

榴實登科

典故出自《海錄碎事·文學·科第》，古代士人計算石榴的結果數量，來預卜登第的人數。意謂金榜題名。

石榴裙底

語出南朝梁何思澄〈南苑逢美人〉：「媚眼隨嬌合，丹唇逐笑分。風捲葡萄帶，日照石榴裙。」意謂紅得像石榴一樣的裙子，後來引申為出色女子的腳下，意指有多位男子拜倒面前。

【識別特徵】

灌木或小喬木，高二至六公尺。幼枝常呈四稜形，小枝端常形成短刺狀。葉對生或近簇生，倒卵形至長橢圓狀披針形，長二至八公分，寬一至三公分，葉全緣。花一至五朵頂生或腋生，有短梗；花萼鐘形，紫紅色，裂片厚，五至七片；花瓣紅色或有時白色，長一·五至三公分；雄蕊多數，花絲細弱，長約一公分；子房下位。漿果近球形，徑三至六公分，果皮厚；種子多數，外皮肉質，內皮木質。原產於亞洲中部，各地均有栽培。

橘

橙黃橘綠。陸績懷橘。雙柑斗酒。

今名：橘
學名：*Citrus reticulata* Blanco
科別：芸香科

橘自古以來即為重要的水果，也是古代的主要貢品。漢朝時已有大規模栽培，如《史記．貨殖列傳》：「蜀漢，江陵千樹橘。」自漢武帝開始，在橘產地均設有橘官，主管每年進貢御橘事宜。皇帝也以橘賜給群臣，如《風土記》所述：「唐於蓬萊殿九月九日賜群臣橘。」

橘於秋天成熟，滿樹金黃，別有一番情致，「樹樹籠煙疑帶火，山山照日似懸金」即其寫照。古人認為「種橘如養奴僕」，可以致富，因此稱橘為「橘奴」或「木奴」。《三國志．吳書三．孫休傳》記載李衡派十個家奴在武陵水洲上種下千株柑橘。臨死前告訴兒子說水洲中有千頭木奴，可供衣食之用。後橘樹長成，每年賣橘得絹數千匹，家境富足。後人即以千頭木奴比喻家業之大。

《考工記》：「橘逾淮而為枳……此地氣然也。」認為橘和枳（枳殼，*Poncirus trifoliata* (L.) Raf.）為同一種植物，只因為栽植地區不同，而產生「江南為橘，江北為枳」的情形。其實兩者雖同科但隸屬不同屬、不同種，形態特徵差別很大，例如枳為三出葉，葉較小；橘為單生複葉，葉形較大；橘子甜美多汁，而枳實較小且味苦，只能作為藥材。

【成語典故】

橙黃橘綠

語出宋朝蘇軾〈贈劉景文〉：「荷盡已無擎雨蓋，菊殘猶有傲霜枝。一年好景君須記，最是橙黃橘綠時。」形容南方宜人的秋色。

陸績懷橘

典出《三國志・吳書十二・陸績傳》：陸績有孝名，六歲時，於九江謁見袁術，袁術以橘招待，陸績偷藏三枚於懷中，拜辭時懷中之橘墮地，詢以原因，陸績跪答曰攜回贈母。比喻孝思。

雙柑斗酒

典出唐朝馮贄《雲仙雜記・卷二・俗耳鍼砭詩腸鼓吹》：「戴顒春攜雙柑斗酒，人問何之，曰：『往聽黃鸝聲，此俗耳鍼砭，詩腸鼓吹，汝知之乎？』」兩個蜜柑、一斗酒，是春遊時攜帶的酒食。後泛指遊春。

【另見】南橘北枳

【識別特徵】

常綠小喬木或灌木，枝有刺。葉革質，互生，披針形至卵狀披針形，長五至八公分，寬二至四公分，先端漸尖，全緣或疏淺鋸齒緣；葉柄刺不明顯。花單生或簇生葉腋；花瓣五，黃白色；雄蕊十八至二十四，花絲三至五枚合生，子房九至十五室。果扁球形，徑五至七公分，熟時橙黃色或淡黃紅色；果皮疏鬆，瓤肉易於分離。產於華南、華中各省，多數是栽培者。

枳

南橘北枳。

今名：枸橘
學名：*Poncirus trifoliata*（L.）Raf.
科別：芸香科

《本草綱目》稱：枸橘處處皆有種之。樹姿、葉形類似橘樹，但幹多刺，三月開白花，結實大如彈丸，人家多栽種成藩蘺。枸橘的根皮稱「枳根皮」、樹皮屑稱「枳茹」、棘刺稱「枸橘刺」、葉稱「枸橘葉」、幼果稱「枳實」、將成熟的果實稱「枳殼」、種子稱「枸橘核」，都是著名的中藥材。

枝條綠色而多刺，花於春季先葉開放，秋季黃果累累，可觀花觀果觀葉。如《本草綱目》所言，近代園林中多栽作綠籬或者做屏障樹，耐修剪，可整形為各式籬垣及洞門形狀，既有分隔園地的功能又有觀花賞果的效果，是良好的觀賞樹木之一。

枸橘耐寒，橘不耐寒，古代多以枸橘做培育橘樹的砧木。亦即以優良品種的橘樹插穗，嫁接在枸橘台木上，比較容易在寒冷的北方栽培成橘樹。如果氣溫過低，嫁接在枸橘樹上的橘枝也會大量死亡，留下耐寒的枸橘繼續生長，造成「橘越淮而為枳」的誤解。衍生「南橘北枳」、「橘化為枳」等成語。

【成語典故】

南橘北枳

語出《晏子春秋．雜下》：「橘生淮南則為橘，生於淮北則為枳，葉徒相似，其實味不同。」比喻環境變化使得事物的性質也隨之改變。一作「橘化為枳」、「淮橘為枳」。

【識別特徵】

產華北、華中、華南、西南諸省及甘肅。落葉小喬木，高一至五公尺，枝綠色，有縱稜，多刺，刺長達四公分。葉通常三出葉，葉柄有狹長翼葉，長二至五公分，寬一至三公分，葉緣有細鈍裂齒或全緣。花單生或成對腋生，先葉開放；花瓣白色，匙形，長一．五至三公分，雄蕊通常二十枚，花絲不等長。果近球形或有時梨形，徑三至六公分，果頂微凹，有環圈，果皮暗黃色，粗糙；果肉含粘液，微有香氣，味酸且苦。

鐵樹

鐵樹開花。

今名：蘇鐵、鐵樹
學名：*Cycas revoluta* Thunb.
科別：蘇鐵科

中國境內原產的蘇鐵有二十五種之多，其中分布最廣、栽培最多者，即一般俗稱的鐵樹。蘇鐵的天然分布雖北至日本，但其性卻不耐寒冷，喜歡生長在溫暖潮濕的環境，且生長甚慢。

蘇鐵或鐵樹名稱的來源有二：其一，蘇鐵主幹粗壯，色黑，堅硬如鐵；其二，蘇鐵凋萎或生長不良時，在樹幹上釘入鐵釘或鐵器，能使其恢復茂盛或加速生長，有如「甦醒」一般，因此稱為蘇鐵。

在熱帶及亞熱帶地區，十年生以上的蘇鐵大概每年都會開花結實，栽植在台灣的蘇鐵亦復如此。

但長江流域以北的地區因天氣寒冷，所種植的蘇鐵卻經常終生不開花，或僅偶然開花，所以中國諺語中才會以鐵樹開花來形容不易見到或難以實現的事物。不過鐵樹開花的涵義不適用於南方諸省及台灣，因為這些地區，鐵樹開花結果的情形實在太普遍了。

蘇鐵類為地球上最古老的種子植物，也曾伴隨恐龍歷經地球溫暖的遠古時代。由於被子植物的興起，在競爭之下，目前世界各地的蘇鐵分布均在萎縮之中。

【成語典故】

鐵樹開花

典出宋朝釋普濟《五燈會元》：「二十五日巳前群陰消伏，泥龍閉戶；二十五日巳後一陽來復，鐵樹開花。」比喻非常罕見或絕難實現的事。

【識別特徵】

地上部莖幹粗壯，單幹，常有不定芽，不定芽有時長成不規則分枝幹。葉簇生莖幹頂端，羽狀複葉，小葉邊緣反捲，長約十五公分。雌雄異株；雌毬花近球形，雄毬花長橢圓球形，心皮掌狀裂，密披絨毛，下部兩側著生三至六胚珠。種子成熟時橙紅色，徑約二至三公分。原產於日本、琉球、福建等地，廣泛在世界各地栽植。

紫荊

田家紫荊。

今名：紫荊
學名：*Cercis chinensis* Bung.
科別：蘇木科

原生於林澤之間，人多引種於庭院中，作為庭園樹。春季在枝上、樹幹上，甚至在根上著生細碎花朵，數朵一簇，豔紫可愛，又名「滿條紅」，足以點綴春光。先花後葉，花罷葉才出。秋季莢果成熟，冬季連枝不落，內有種子如小珠，名「紫珠」。葉近圓形，春季萌芽幼嫩時紅褐色；夏季葉翠綠具光澤，極富四季之美。

國外植物園多引種之，叢植、散生皆宜。紫荊通常在三、四月開花，杜甫〈得舍弟消息〉：「風吹紫荊樹，色與春庭暮。」描寫紫

荊是春日的色彩之一。韋應物〈見紫荊花〉：「雜英紛已積，含芳獨暮春。還如故園樹，忽憶故園人。」說明紫荊還是「故園樹」，看到紫荊花會讓人懷念故人。本詩的涵義和「田家紫荊」的故事也有相關。

紫荊一般開紫紅色花，但也有開白花的變種，名曰「白花紫荊」，是稀有的珍貴品種。

【成語典故】

田家紫荊

典故出自南朝梁吳均《續齊諧記》，書中記載田姓兄弟三人，共議分家，所有財產平均分配，包括屋前的一棵紫荊樹，打算隔天將它切成三段，結果那棵樹馬上枯死，三兄弟見狀大驚，說道：「樹木同株，聞將分析，所以憔悴，是人不如木也」，因此決定不分家，於是紫荊樹又活過來了。後用來比喻兄弟之間和睦相處；又作「三田分荊」、「三荊同株」、「荊樹復生」。

【識別特徵】

落葉喬木或灌木，小枝灰色。葉互生，近圓形，長六至十四公分，寬五至十四公分，先端短尾尖基部心形，有光澤。花先葉開放，四至十簇生老枝上，花梗細，花玫瑰紅色，花冠不等長；雄蕊十。莢果線形，扁平，長五至十四公分，寬一．二至一．五公分，腹縫線有狹翅；種子二至八。產華東、華中、華南及西南各省。

芙蓉

芙蓉城主。薛濤箋。

木芙蓉莖皮含纖維素百分之三十九，莖皮纖維柔韌而耐水，可做繩索和紡織品原料，也可造紙。根據《天工開物》的記載，四川所產的「薛濤箋」，即木芙蓉樹皮加芙蓉花料製成，相傳是唐代女詩人薛濤發明的。古時在西南地區及其他偏遠地區，人們揉木芙蓉樹皮漚麻做線，「織為網衣」，供夏季穿用。

木芙蓉花朵較大，單生於枝端葉腋，晚秋開花。木芙蓉花期長，開花旺盛，品種多。常見的品種有：白芙蓉，開白花；粉芙蓉，花色粉紅；紅芙蓉，大紅色花，花大重瓣，酷似牡丹；黃芙蓉又名黃模，黃色花，鐘狀，花芯暗紫色，花大重瓣，酷似牡丹，為稀有品種；醉芙蓉又名「三醉芙蓉」，清晨開白花，中午花轉桃紅色，傍晚又變成深紅色，更是稀有的名貴品種。有些芙蓉花的花瓣一半為銀白色，一半為粉紅色或紫色，叫做「鴛鴦芙蓉」。

中國自古以來多在庭園栽植，可孤植、叢植於牆邊、路旁、廳前等處。特別

今名：木芙蓉
學名：*Hibiscus mutabilis* L.
科別：錦葵科

宜於配植水濱，開花時波光花影，分外妖嬈，所以《長物志》說：「芙蓉宜植池岸，臨水為佳」，有「照水芙蓉」之稱。此外，植於庭院、坡地、路邊、林緣及建築前，或栽作花籬，都很合適。

【成語典故】

芙蓉城主

典出宋朝蘇軾詩〈芙蓉城〉：「芙蓉城中花冥冥，誰其主者石與丁。」古代傳說死後變成芙蓉城主的才子有兩位：石延年、丁度。因此「芙蓉城主」成為悼念文士之典。

薛濤箋

傳說唐代女詩人薛濤用「浣花溪的水，木芙蓉的皮，芙蓉花的汁」製紙。

【識別特徵】

分布東北、華北，各地都有栽培。落葉灌木或小喬木，小枝密被星狀毛及細綿毛。葉卵圓狀心形，五至七裂，幅十至十五公分，裂片三角形，具鈍鋸齒，表面疏被星狀毛，背面密被星狀絨毛；葉柄長五至二十公分。花單生，花梗具節；小苞片八，密被星狀毛；萼鐘形；花初開時白色或淡紅色，後變為深紅色，徑約八公分。蒴果扁球形，徑約二．五公分，被淡黃色剛毛及綿毛。種子被長柔毛。

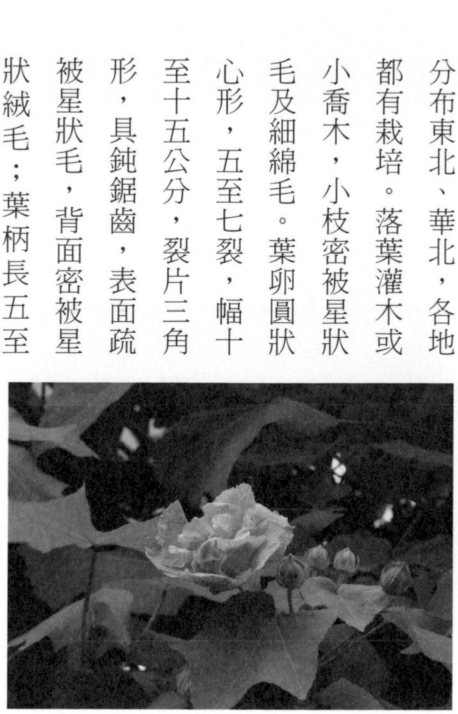

牡丹

姚黃魏紫。
牡丹雖好，全仗綠葉扶持。

今名：牡丹
學名：*Paeonia suffruticosa* Andr.
科別：芍藥科

芍藥屬（*Paeonia*）中屬灌木者稱為牡丹，其中的牡丹、黃牡丹（*P. lutea* Delavay *ex* Franch.）、紫牡丹（*P. delavayi* Franch.），是全世界絕大部分牡丹品種的原種，經過千年以上的雜交、選育而培養出來者。

牡丹為中國特產名花，花大色豔、富貴華麗，自古即有「國色天香」、「花中之王」的稱呼。歐陽修《洛陽牡丹記》：「姚黃」是一種千葉黃花，為魏姓人家培育出來的，為當時第一名花。「魏紫」為肉紅色花，花瓣達七百餘片。均是古代牡丹名種，品種繁衍至今。現有的牡丹名品，仍有「姚黃」、「魏紫」在列。其他的名品尚有：「墨魁」、「二喬」、「洛陽紅」、「狀元紅」、「藍田玉」等。五十至一百年以上的植株，各地均有發現，仍開花繁茂。

【成語典故】

姚黃魏紫

典出自北宋歐陽修〈綠竹堂獨飲〉：「姚黃魏紫開

次第，不覺成恨俱零凋。」姚黃是唐代姚姓人家培育出來的重瓣黃花牡丹；魏紫則是五代時期魏家培育的重瓣紫紅色花牡丹，兩者均是牡丹佳品，後用來泛指名貴的花卉。亦作「魏紫姚黃」。

牡丹雖好，全仗綠葉扶持

典出清朝曹雪芹《紅樓夢．第一十回》：「俗話說的，『牡丹雖好，全仗綠葉扶持』，太太們不虧了鳳丫頭，那些人還幫著嗎？」意思是沒有綠葉的陪襯，無法顯現牡丹花的美豔。比喻再有才能的人，也必須靠眾人的協助才會有所成。

【識別特徵】

落葉灌木，高達二公尺，分枝短而粗。葉常為二回三出複葉，表面綠色，背面淡綠色，有時具白粉。花單生莖頂，徑十至一六公分；苞片五，花萼五，花瓣五或重瓣，花瓣紅紫色、紅色、玫瑰色、白色。骨葖果。根據花色和花瓣型區分上百個品種。

第二章　藤蔓類

藤蔓類植物體無主莖，亦無一定的高度，多不能自立。又可區分成不同類型：一、**纏繞植物**：莖柔軟，以莖本身纏繞他物上升，如牽牛花、馬兜鈴等。二、**攀緣植物**：莖細長柔弱，生出特別的結構，如卷鬚、倒鉤刺等，攀緣他物上升，豌豆、葡萄、匏瓜等屬此類。攀緣植物又有木本和草本之分。三、**蔓性植物**：莖較柔弱，幼苗期或植株尚小時，能直立生長，但枝條伸展時，需攀附他物支撐或上升的植物，如茉莉花。四、**匍匐植物**：利用匍匐莖平臥在地面上生長蔓延之植物，如馬鞍藤、草莓、蒺藜等。

以用途來區分，藤蔓類之栽培瓜果菜蔬有瓜、瓠、胡椒等。瓜、瓠在史前時代就引進中國，人民倚賴甚殷，已成為生活中極重要的部分，成語也引述甚多，眾人大多很熟悉，如瓜熟蒂落、瓜田李下等。瓠有匏、葫蘆、瓢等不同名稱，成語引述更多，有齒如瓠犀、陋巷簞瓢等十餘條。胡椒並非中國原產，但引進中國時間不如瓜、瓠久遠，形成成語的數量

極少。

另外，葛即葛藤，分布範圍廣，古代栽植作纖維植物，是織布、製繩索的重要原料；塊根有豐富的澱粉質，古人取做藥材或糧食，是中國歷史上重要的作物，因而形成的成語數亦有不少，諸如瓜葛相連、葛巾漉酒、攀葛附藤等。其他成語引用的藤蔓植物尚有菜：薇（野豌豆）、苜蓿、茨（蒺藜）、菟絲等。薇（野豌豆）有中國文學上重要的典故，苜蓿隨著漢代大量輸入西域良馬而引入，茨（蒺藜）是華北地區常見的雜草、惡草，都是中國文學史上著名的植物。菟絲則是分布全中國的纏繞性寄生植物。

瓜

瓜田李下。及瓜而代。瓜熟蒂落。
瓜瓞綿綿。東門種瓜。浮瓜沉李。
種瓜得瓜。

甜瓜一名甘瓜或果瓜，「味甘於他瓜」，因此而得名。埃及人最先種植甜瓜，引種至中國的時期相當早，《周禮．地官》中已提到「委人掌畜，聚物瓜、瓠、芋、葵」，其中的「瓜」一般認為就是甜瓜。瓜類的生長需要陽光較強且排水良好之處，所以名瓜多產自西北地區。《廣群芳譜》記載「甘肅甜瓜大如枕，皮瓤皆甘，勝於蜜。以皮曬乾柔韌，甘美而有味。」

今名：甜瓜、香瓜
學名：*Cucumis melo* L.
科別：瓜科

連曬乾的瓜皮都甜而甘，可見不辱其名。

甜瓜在秦始皇「焚書坑儒」的暴行中也扮演重要角色：秦始皇冬天在驪山的谷中溫處（可能是溫泉）種瓜，利用冬天產瓜的奇異現象，誘出「博士諸生」參觀，得以遂行其「坑儒」計畫。

成語中提及的瓜可能泛指各種食用瓜。

【成語典故】

瓜田李下

典出曹植古樂府〈君子行〉：「君子防未然，不處嫌疑間，瓜田不納履，李下不正冠。」意謂在瓜田裡不彎腰穿鞋，李樹下不舉手整理帽冠，以免他人懷疑偷竊瓜李。比喻在容易產生誤會的是非之地，最好避開，免生嫌疑。一作「瓜李之嫌」。

及瓜而代

語出《左傳．莊公八年》：「齊侯使連稱、管至父戍葵丘，瓜時而往，曰：『及瓜而代。』期戍，公問不至。」意謂任職期滿由他人接任；或指任期已滿，歸期已到。前後交接為「瓜代」，交代之期叫「瓜期」，任滿時是「及瓜」。一作「瓜代有期」。

瓜熟蒂落

語出《雲笈七籤》：「瓜熟蒂落，啐啄同時。」意謂時機成熟，事情自然會有結果。女子懷胎足月也可以用此成語形容。

瓜瓞綿綿

語出《詩經．大雅．綿》：「綿綿瓜瓞，民之初生，自土沮漆。」意謂代代相傳，祝賀他人子孫昌盛、繁衍不絕。

東門種瓜

典出《史記．蕭相國世家》秦的東陵侯召平，秦朝滅亡後，在長安東青門外種瓜。所種之瓜味甜美，俗稱「東陵瓜」。「東門種瓜」指離官隱居務農，也比喻富貴的人後來貧困潦倒。

浮瓜沉李

典出三國魏曹丕〈與朝歌令吳質書〉：「高談娛心，哀箏順耳。馳騖北場，旅食南館。浮甘瓜於清泉，沉朱李於寒水。」泛指消暑的食物。

種瓜得瓜

典出《呂語集粹》「種豆，其苗必豆；種瓜，其苗必瓜。」意謂種什麼因得什麼果。

【另見】瓜剖豆分、瓜葛相連

【識別特徵】

一年生蔓性草本，莖被短剛毛。葉近圓形或腎形，徑約八至十五公分，三至七淺裂，兩面均被柔毛；緣有鋸齒。卷鬚不分叉。雌雄同株，雄花數朵簇生，雌花單生；花冠黃色，裂片卵狀圓形，長約二公分；雄蕊三，花藥S形曲折。果實形狀及顏色因品種不同而異，果皮光滑。分布於全世界熱帶到溫帶地區。

胡椒

胡椒八百石。

胡椒原產於東南亞或印度，是著名的香料植物。《本草綱目》說：「南番諸國及交趾、滇南、海南諸地皆有之。」胡椒果實辛辣，多用以製造胡椒粉，成熟的果實為紅色，極易脫皮。脫皮後的果仁顏色淡，所製成的胡椒粉稱為「白胡椒」；未成熟的果實深綠色，味道更辛辣，收成後曬乾，果皮不易脫落，所製成的胡椒粉黑白相間，稱為「黑胡椒」。由此可知，白胡椒與黑胡椒原本就是同一種植物，只因為製作過程不同，而使顏色及味道有所分別。

胡椒屬於小灌木至蔓狀藤本，十分容易栽培，而且產量相當大，已成為行銷全

今名：胡椒
學名：*Piper nigrum L.*
科別：胡椒科

球的世界性商品，是中西式料理常用的香料。根據記載，胡椒最遲在唐朝以前就已引進中國。果實採收後研磨成粉，並以後起之秀的態勢急起直追，絲毫不讓中國原產的各種香料專美於前，自古至今都是深受歡迎的食品調味料。

古代胡椒的價格不低，被當成行賄官員的珍品。唐代宗時官居相國之位的元載，因貪贓枉法而被治罪賜死，抄家時發現胡椒有八百石之多；明朝錢寧獲罪抄家時，也發現一千五百石的胡椒。所以後世以胡椒八百石暗指官吏斂聚非法之財。

【成語典故】

胡椒八百石

典出《新唐書．元載傳》：「籍其家，鐘乳五百兩，詔分賜中書、門下台省官，胡椒至八百石，它物稱是。」意謂官吏貪贓枉法，聚斂錢財。一作「藏椒八百斛」、「貪人積胡椒」。

【識別特徵】

木質攀緣藤本，莖具膨大的節，節上生根。葉互生，近革質，闊卵形至卵狀長圓形，長十至十五公分，寬五至八公分，先端短尖，基部圓，全緣，主脈五至七條，網狀脈明顯；葉柄長一至二公分。花單性，常雌雄同株，密集成穗狀花序，花無被；雄蕊二，花絲極短，柱頭三至四。漿果球形，徑〇．三至〇．四公分，成熟時為紅色。原分布於東南亞一帶，華南地區引種栽培。

苜蓿

苜蓿生涯。

今名：苜蓿
學名：*Medicago sativa L.*
科別：蝶形花科

苜蓿雖然原產於歐洲，但很早就傳入中亞及西亞。漢武帝從大宛取得汗血寶馬，並引入汗血馬的食草苜蓿，由唐朝鮑防〈雜感〉詩句「天馬常銜苜蓿花」可為佐證。苜蓿除供作餵食牛馬之外，苗葉嫩時也可調製成美味的菜蔬，而且還「年年自生，刈苗作蔬，一年可三刈」。苜蓿生涯以盤中只有苜蓿佐餐，吐露人微言輕的小官吏清貧度日的窘境。

苜蓿夏秋之際開細白花，結小莢，莢內種子為黑色，形如「穄米」（一種黍類），可做飯或釀酒。苜蓿也是良好的綠肥植物，「墾後次年種穀，穀必倍數，為數年積」。這是因為苜蓿根部有根瘤菌共生，可以固定空氣中的氮素，供植物直接利用，具有改良土質的效用。所以在苜蓿後續植穀類，收成必然增加。西北地區的農民常以苜蓿和麥類輪種或間植，主要就是利用其「宿根肥雪」的特性。

苜蓿又名「懷風」，早春時節，「苜蓿與麥齊浪，被隴如雲」，成片的苜蓿草隨風起伏，景致動人，這也是其稱為懷風的原因。

【成語典故】

苜蓿生涯

典出五代王定保《唐摭言．卷十五》：「時開元東宮官僚清淡，令之以詩自悼，復紀於公署曰：『朝旭上團團，照見先生盤。盤中何所有？苜蓿長闌干。』」意謂官小家貧。一作「苜蓿盤空」或「苜蓿堆盤」。

【識別特徵】

多年生草本，莖匍匐。指狀複葉，小葉三，近無柄，小葉倒卵形近倒心形，長一至二公分，寬一至一．五公分，先端圓或凹陷，基部楔形，邊緣細鋸齒；托葉披針形。總狀花序腋生；花小，花冠淡黃、深藍至紫色，花瓣均具長瓣柄。莢果螺旋形，有疏毛，先端有喙，內有種子數粒；種子腎形，黃褐色。原產於歐洲，為優良牧草及綠肥。

瓠

大瓠之用。齒如瓠犀。匏瓜空懸。堅瓠無竅。
許由棄瓢。陋巷簞瓢。簞食瓢飲。簞食壺漿。
依樣畫葫蘆。

今名：瓠瓜、匏瓜、葫蘆瓜
學名：*Lagenaria siceraria* Standley
科別：瓜科

瓠，音戶。瓠瓜因品種、地區及時代不同而有匏、壺、葫蘆等名稱。《埤雅》說果實「長而瘦上者，曰瓠」，「短頭大腹者，曰匏」，瓠瓜味道甘甜而匏瓜味苦。陸璣《詩疏》則云「匏，瓠也；壺蘆，瓠之為柄者也。」今日所見的葫蘆瓜，有長形者，也有「肚大柄短」者，均為可食用的品種；另一種葫蘆形瓠瓜，則專為觀賞或製作藝品之用。

周人也採葉而食，如《詩經》：「幡幡瓠葉，采之亨之。」葫蘆瓜嫩時可供食用，成熟後果皮變硬，則可製作水瓢、盛酒器、樂器和渡水用具（古人稱為「腰舟」）。因此，《王氏農書》說道：「匏之為用甚廣，大者可煮作素羹，可和肉煮作葷羹，可蜜煎作果，可削條作乾，小者可作盒盞，長柄者可作噴壺，亞腰者可盛藥餌，苦者可治病。」

【成語典故】

大瓠之用

典出《莊子．逍遙遊》：「魏王貽我大瓠之種……剖之以為瓢，則瓠落無所容。非不呺然大也，吾為其無用而掊之。」意謂量材使用。

齒如瓠犀

語出《詩經．衛風．碩人》：「領如蝤蠐，齒如瓠犀。」用瓠瓜籽形容美人的牙齒整齊潔白。

匏瓜空懸

典出《論語．陽貨》：「吾豈匏瓜也哉？焉能繫而不食？」像匏瓜一樣懸掛著不讓人食用。比喻有才能的人不為世所用。

堅瓠無竅

典出《韓非子．外儲說左上》，堅硬的葫蘆沒有一點空隙，不能剖瓠盛物。比喻徒有虛名而無實用之物。一作「屈穀巨瓢」。

許由棄瓢

典出漢朝蔡邕《琴操．箕山操》記載堯帝時有位高士許由，隱居山林，想喝水就直接用手捧飲，有人就送他一個瓢殼。許由喝完水把瓢掛樹上，風吹樹

動，瓢殼發出聲響，許由就把瓢給扔了。此語用來形容隱士簡樸孤傲的生活。

陋巷簞瓢

語出《論語．雍也》：「一簞食，一瓢飲，在陋巷，人不堪其憂，回也不改其樂。」形容雖然生活清苦，卻不改安貧樂道的生活。又作「一簞一瓢」。

簞食瓢飲

語出唐朝韓愈〈與李翱書〉：「而又有簞食瓢飲，足以不死。」形容生活貧困。

簞食壺漿

語出《孟子．梁惠王上》：「簞食壺漿以迎王師。」形容軍隊受到百姓擁戴與歡迎的情況。

依樣畫葫蘆

語出北宋魏泰《東軒筆錄．卷一》：「頗聞翰林草製，皆檢前人舊本，改換詞語，此乃俗所謂依樣畫葫蘆耳，何宣力之有？」意謂全部模仿他人而沒有創新。

【識別特徵】

一年生攀緣草本，莖密布腺狀黏柔毛。葉心狀卵形至腎狀卵形，長寬十至三十五公分，不分裂或稍淺裂；葉緣有不規則齒牙，葉柄長十五至二十公分，頂端有二腺體。卷鬚纖細，與葉對生，二叉。葉柄長，頂端有二腺體。單性花，雌雄同株；花單生，白色，子房密生黏毛。瓠果形狀變異大，有梨形、葫蘆形、圓錐形等，果皮成熟後木質；種子白色。原產於印度及非洲，古埃及有本植物的記載，應在史前時代已傳入中國。

菟絲

菟絲燕麥。菟絲附女蘿。

今名：菟絲
學名：*Cuscuta chinensis* Lam.
科別：菟絲子科

菟絲古稱女羅或唐蒙，一名菟蘆。種子落地後生根萌發，初生之根「其形如兔」，因此得名。菟絲為藤蔓狀的寄生植物，植物體「色黃如金，細絲遍地，不能自起」，由於本身並無葉綠素，必須攀附在其他植物體上仰賴寄主的養分維生。自莖部長出的吸根，可以深入寄主植物的維管束中吸收水分及養分。在攀附其他植物後，初生根即凋萎。菟絲到處可見，沒有固定的寄主，是分布廣泛的寄生植物。

由於菟絲無法獨立生長，因此古人常用以表示「依附」之意，如杜甫：〈新婚別〉：「菟絲附蓬麻，引蔓故不長。」及〈古詩〉：「與君為新婚，菟絲附女蘿。」

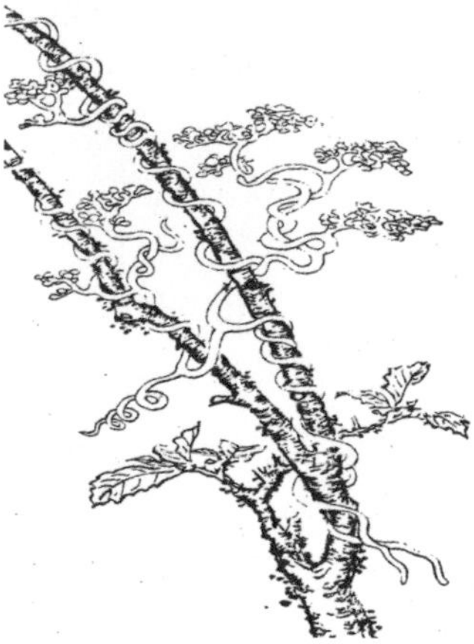

《神農本草經》中已載

有「菟絲」一名，並說明其「汁去面䵟，久服明目，輕身延年」，意謂菟絲汁液不僅可用以去除臉上的黑色素，還有強身養生的效用。因此，雖然農業上視菟絲為雜草，菟絲還是有其「大用」的一面。

【成語典故】

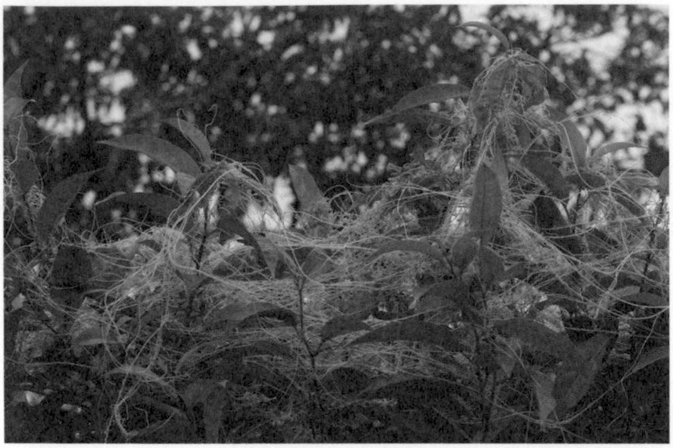

菟絲燕麥

語出《魏書．李崇傳》：「今國子雖有學官之名，而無教授之實，何異菟絲燕麥，南箕北斗哉？」意謂菟絲有絲不能織；燕麥有麥不是麥。比喻有名無實。

菟絲附女蘿

語出《古詩十九首．冉冉孤生竹》：「與君為新婚，菟絲附女蘿。」意謂夫妻互相依附。

【識別特徵】

一年生之寄生性草質藤本。莖細弱，黃色，纏覆其他植物。花小，簇生成傘形或團繖花序，總梗短或無；花冠淺五裂，黃白色，壺形，長約〇．三公分；雄蕊著生於花冠裂片下；花柱二，柱頭球形。蒴果球形，徑〇．三公分，幾乎全為宿存的花冠所包，成熟時整齊蓋裂；種子二至四。分布於東北、華北、西北各省、新疆、江蘇、安徽等，以及伊朗、阿富汗至日本、朝鮮半島、澳大利亞等地區。

葛

瓜葛相連。冬裘夏葛。葛巾布袍。葛巾漉酒。葛屨履霜。裘葛屢更。攀葛附藤。

今名：葛藤
學名：*Pueraria lobata*（Wild.）Ohwi
科別：蝶形花科

葛藤長可達十數公尺，纏結地面或攀纏在樹上，是中國最早利用的纖維植物。每年夏天採其蔓莖，用熱水煮爛，在流水中捶洗風乾後供紡織葛布之用。古代雖然天子庶人夏天都穿葛衣，不過還是有粗細之別：富貴人家所穿的細葛衣稱為「絺」，貧賤者所穿的粗葛衣則稱為「綌」。葛曾列入貢賦，有些地方以葛布代替賦稅貢納，《越絕書》記載：「句踐罷吳，種葛，使越女織治葛布，獻於吳王夫差。」

用葛布製成的頭巾稱為「葛巾」，是古時相當流行的裝束，不論富貴貧賤都可戴頭巾，尤其深受讀書人歡迎。葛巾遂成為古代書生、儒將的典型裝束，如蘇軾詩〈犍為王氏書樓〉：「書生古亦有戰陣，葛巾羽扇揮三軍。」葛纖維也是古代製鞋的材料，這種鞋子稱為「葛屨」。

由於葛藤到處蔓延的攀緣習性，因此常用葛藤比喻事情糾纏不清，攀葛附藤則將葛藤攀附物體向上爬的情形，比喻為拉攏關係，趨炎附勢。

【成語典故】

瓜葛相連

語出三國魏曹叡〈種瓜篇〉：「與君新為婚，瓜葛相結連。」意謂糾纏不清或輾轉攀連的關係。

冬裘夏葛

語出《公羊傳・桓公八年》：「士不及茲四者，則冬不裘，夏不葛。」意謂冬天穿皮衣，夏天穿葛衣。比喻因時制宜。

葛巾布袍

語出《三國演義・第四十五回》：「（蔣）幹葛巾布袍，駕一隻小舟，逕到周瑜寨中。」意謂平民裝束，一般多指隱士或道士服裝。一作「葛巾野服」。

葛巾漉酒

典出《宋書・卷九三・隱逸傳・陶潛傳》：「值其酒熟，取頭上葛巾漉酒，畢，還復著之。」記載陶淵明愛喝酒，等不及就直接拿頭巾過濾酒渣，喝完又把頭巾戴上。後用來形容人愛酒成癡、嗜酒如命，也可以用來形容人性情率真。

葛屨履霜

語出《詩經・魏風・葛屨》：「糾糾葛屨，可以履霜。」意謂天寒地凍還穿著夏天的葛草鞋。比喻窮人衣食不足或過分節儉吝嗇。

裘葛屢更

典出元朝柳貫詩〈睡餘偶題〉：「裘葛屢催年」。裘，冬衣；葛，夏衣。裘葛泛指四季衣服，意謂歷經寒暑。

攀葛附藤

典出清朝蔡東藩《前漢演義・第六十八回》：「安本意攀葛附藤，想靠王太后為護符。」意謂攀附著藤葛前進。比喻為拉攏關係，趨炎附勢。

【識別特徵】

藤本，塊根肥厚，植物體被覆黃色硬毛。三出複葉，頂小葉為菱狀卵形，長六至十公分，寬五至十六公分，先端漸尖，基部圓形，兩面有毛；葉全緣，有時有淺裂。托葉盾狀。總狀花序腋生；蝶形花，花瓣紫紅色，長約一・五公分。莢果線形，長五至十公分，扁平，密被黃色長硬毛。原產於中國大部分省區、韓國及日本，現引種至全世界熱帶及亞熱帶地區，作為水土保持植物。

薇

夷齊采薇。

今名：野豌豆
學名：*Vicia cracca* L.
科別：蝶形花科

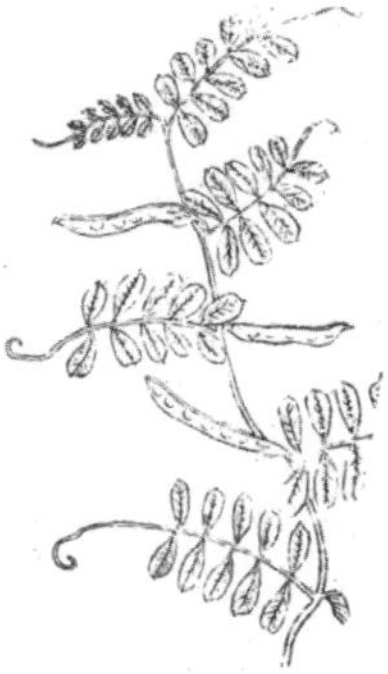

許慎《說文》云：「薇，似藿（豆類植物），乃菜之微者也。」是微賤（貧窮）人家的食物，因此稱為「薇」。《食物本草》將本植物列為「柔滑類菜部」，為古代的一種菜蔬，考證古籍所說的「薇」應為今日的野豌豆類。

野豌豆類包括許多可食的種類，如野豌豆、大花野豌豆（*Vicia gigantea* Bunge）、小巢菜（*V. hirsuta*（L.）S. F. Gray）等。蘇軾（東坡）曾說：「菜之美者，蜀鄉之巢，故人元修嗜之，余亦嗜。」蘇東坡所說的「巢菜」又名「元修菜」，就是上述的野豌豆類，不但友人愛吃，蘇東坡自己也愛吃，可見風味不凡。但巢菜有大、小兩種，葉形較大者為「薇」，以大野豌豆等種類較為接近；葉形小者即蘇東坡所稱的「元修

菜」，大概是小巢菜一類的野豌豆。一般並不嚴格區分，可食的野豌豆類都可稱之為薇。

野豌豆莖葉氣味有如今日的「豆苗」（豌豆嫩葉），「作蔬入羹皆宜」。在陸璣的三國時代，薇也被視為山菜，不只是民間的野蔬，官方亦派人栽植供宗廟祭祀之用。野豌豆類的種子較栽培豌豆小，亦可炒食。

【成語典故】

夷齊采薇

漢朝司馬遷《史記．伯夷列傳》記載周武王滅商而得天下，伯夷、叔齊義不食周粟，隱於首陽山。采薇而食之，及餓將死作歌曰：「登彼西山兮，采其薇矣。以暴易暴兮，不知其非矣。神農、虞、夏忽焉沒兮，我安適歸矣？予嗟徂兮，命之衰矣！」遂餓死於首陽山。原用以頌揚忠貞不渝的節操，現則多指思想迂腐固執，行為保守。

【識別特徵】

多年生草本，莖柔細，攀緣狀，被疏柔毛；莖有稜，多分枝。偶數羽狀複葉，小葉四至十二對，狹橢圓形至狹披針形，長一至三公分，寬〇．二至〇．八公分，先端鈍或微凹，具短尖頭，基部圓形，表面無毛，背面短柔毛。花序總狀；花七至十五朵腋生；花冠紅色、粉紅色或紫色。莢果長橢圓形，長一．五至二．五公分，兩端急尖。種子三至五粒，黑色。產於東北、華北、華東、華南等地。

茨

茨棘之間。牆茨。

今名：蒺藜
學名：*Tribulus terrestris* L.
科別：蒺藜科

蒺藜，《詩經》曰「茨」，《楚辭》稱「薋」，《本草衍義》名「刺蒺藜」。一年生或多年生草本，全株密被灰白色柔毛。莖橫生蔓延，匍匐地面生長。果由五個果瓣組成，每個果瓣具有一對長刺和一對短刺，狀極猙獰，易黏附家畜皮毛，質堅硬，常刺傷農人裸露腳底。分布全中國開闊地及農地，是農民最痛恨的農田雜草。

在古典文學作品中，蒺藜永遠是負面的形象，是《楚辭》所引的著名惡草。歷代詩文多以蒺藜象徵不好的事物，如唐代姚合的〈莊居野行〉詩句：「我倉常空虛，我田生蒺藜。」宋末林景熙的〈贈泰霞真士祈雨之驗〉詩句：「火旗焰焰燒坤垠，蒺藜滿道風揚塵」等。

《本草彙言》：「蒺藜，去風下氣，行水化症之藥也。其性宣通快便，能運能消，行肝脾滯氣，多服久服，有去滯之功。」蒺藜植物體青鮮時可做飼料，果入

藥，主要藥效為平肝解鬱，活血祛風。

【成語典故】

茨棘之間

典出東漢朝仲長統《昌言．理亂》：「而清潔之士，徒自苦於茨棘之間，無所益損於風俗也。」蒺藜與荊棘，泛指雜草。形容窮苦人家的簡陋住屋，比喻困難的處境。

牆茨

典出《詩．鄘風．牆有茨》：「牆有茨，不可埽也。中冓之言，不可道也。所可道也，言之醜也。」後以「牆茨」為宮廷淫亂之典實。

【識別特徵】

一年生平臥草本。偶數羽狀複葉，小葉對生，三至八對，矩圓形或歪斜長圓形；被覆柔毛，全緣。黃色花單生於葉腋；萼片五，宿存；花瓣五；雄蕊十，基部有花盤；子房五心皮，柱頭五裂。果由不開裂之果瓣組成，果瓣五，上有銳刺及小瘤。

第四章　竹及棕櫚類

單子葉植物大多數為草本，植物形體低矮，如莎草科、薑科，以及五穀類、狹義的草類之禾本科等。只有少數科具有木本種類，如龍舌蘭科、禾本科的竹亞科、棕櫚科等。植物形態特殊，和一般的喬木、灌木明顯有所不同。且大多數成員屬於熱帶或亞熱帶植物，成為世界著名的庭園觀賞植物。中國成語之中，有很多與竹類相關。

按繁殖類型，竹分為三大類：叢生型、散生型和混生型。叢生型：由母竹基部的芽繁殖新筍新竹。如麻竹、綠竹、佛竹、慈竹等。散生型：由地下橫走莖上的芽繁殖新竹。如毛竹、斑竹、剛竹、桂竹、人面竹、紫竹等等。混生型：就是既由母竹基部的芽繁殖，又能以竹鞭根上的芽繁殖。如苦竹、箭竹、方竹等等。

中國人歷來喜愛竹子，中國也是世界上研究、培育和利用竹子最早的國家。蘇東坡云：「寧可食無肉，不可居無竹，無肉令人瘦，無竹令人俗。」竹子的終年常綠代表著永恆持久；竹節空心卻能保持挺立，代

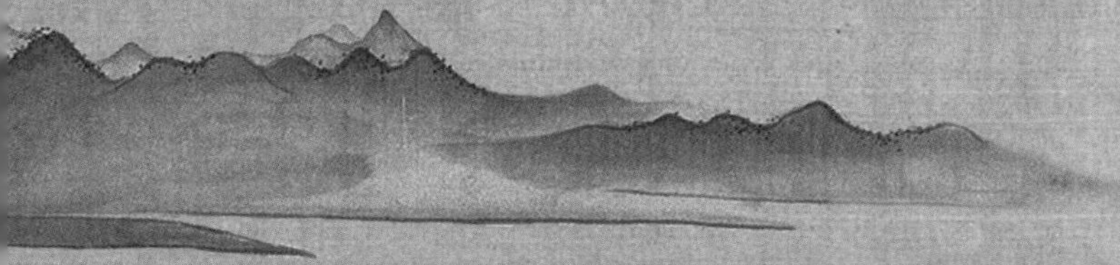

表著虛心正直；而遭受狂風暴雨的肆虐，仍然屹立不搖，具有堅忍不拔的精神。所以竹子在中國文學中，被比喻為四君子（其他是梅、蘭、菊）與歲寒三友（其他為松、梅）。成語中的竹大部分未指名種類，概以「竹」歸類之。少數成語之竹，係專指特殊竹種，依句意推敲分列在斑竹、毛竹、箭竹、箬竹項下。

竹的用途有多端：春筍供食用、竹葉可包粽子，成熟的竹稈可建造棚架、製作傢俱、竹筏，編織竹蓆、編製竹籃、竹帽等，很多種類栽植供觀賞之用。引述的成語有破竹之勢、竹報平安、胸有成竹、罄竹難書等十五條以上。

棕櫚科植物在中國文學作品中具有重要性，如桄榔、椰子、海棗、棕櫚、棕竹等；但有成語引述者，僅蒲葵一種。

竹

胸有成竹。磬竹難書。破竹之勢。竹報平安。竹馬交迎。萊公竹。竹肉相發。抱雞養竹。竹帛之功。竹頭木屑。竹籃打水。鮎魚上竹竿。

今名：桂竹、剛竹
學名：*Phyllostachys bambusoides* S. et Z.
科別：禾本科

中國境內之竹有三五十種以上，常見的竹種也不下二十種。古籍所言之「竹」，大都未指名種類。有時僅能依詩文的背景、詩句產生的地點，推測文句所言之竹種。

竹具有四季脆綠、枝幹挺拔、寧折不屈及虛心有節的特性，自古即用以形容剛直不阿的高尚氣節。歷朝愛竹、詠竹的文人不少，如清朝鄭板橋在其〈竹石〉圖上題詩云：「千磨萬擊還堅勁，任爾東西南北風。」

竹性耐寒，與松、梅並稱「歲寒三友」。古代文人稱彼此間親密的友誼為「竹林」，如史上有名的「竹林七賢」，指魏末晉初的七位名士：阮籍、嵇康、山濤、劉伶、阮咸、向秀、王戎。他

們幾人皆性情浪漫，且脾胃相投，因此結為好友，終日在竹林間相會悠遊，吟詩作賦，彈唱對弈、品茗飲酒，過著悠閒自得的閒逸生活，自認為是高逸雅士。竹馬之友則指小時候的玩伴。中國境內的竹子種類不僅冠於全世界，而且應用廣泛，竹筍、竹屋、竹船、竹箭、竹簡等不勝枚舉，製作樂器及造紙也會用到竹。漢高祖為亭長時，所戴的帽子就以竹皮編成，「賤而冠之，及貴常冠」，稱為「劉氏冠」。

【成語典故】

胸有成竹

語出宋朝蘇軾〈文與可畫篔簹谷偃竹記〉：「畫竹

必先得成竹於胸中……」原意指畫竹子之前，心中已想好竹子的樣貌。後用來形容做事前，已有完整的打算或計畫。一作「成竹在胸」。

罄竹難書

典出秦朝呂不韋《呂氏春秋．季夏紀．明理》：「盡荊、越之竹，猶不能書。」意謂政治敗壞導致亂象叢生，即使用光荊越兩地盛產的竹子（造竹簡）也寫不完。用來形容罪條之多無法勝數。

破竹之勢

典出唐朝房玄齡等合著《晉書．杜預傳》：「今兵威已振，譬如破竹，數節之後，皆迎刃而解。」描述軍隊作戰所向披靡、節節勝利。用來形容事情進展順利，絲毫不費力氣。

竹報平安

典出唐朝段成氏《酉陽雜俎續集．支植下》：「北都惟童子寺有竹一窠，才長數尺。相傳其寺綱維，每日報竹平安。」用以形容向家人報平安的書信，過年時，寫春聯亦可使用，表示喜氣。

竹馬交迎

典出《後漢書．郭伋傳》：「童兒數百，各騎竹馬，道次迎拜。」記載郭伋在東漢建武十一年擔任并州牧，勤政愛民，官聲頗佳。有回到西河美稷，數百兒童騎竹馬來迎。此用來稱頌地方官的賢德。

萊公竹

典出《宋史．寇準傳》，北宋宰相寇準受封萊國公，為官清廉。死後，民眾設祭哭於歸葬沿途，將竹子插在地上以便掛紙錢。過了一個月，枯竹居然生出竹筍！後用來比喻受民愛戴的官吏。

竹肉相發

《世說新語．識鑑》劉孝標注引《孟嘉別傳》說，桓溫問孟嘉：「聽伎絲不如竹，竹不如肉，何也？」孟嘉答道：「漸近自然。」肉，指人發出的樂音（聲樂），竹，指樂器發出的樂音。後以「肉竹」泛指音樂。

抱雞養竹

典出明朝馮夢龍《古今譚概》。描述唐朝新昌縣令貪官夏侯彪，剛到任，就打聽雞蛋和竹筍的價格，然後吩咐里正養母雞抱蛋、種竹子準備收竹筍，打算好好撈上一筆、坐收漁利。比喻貪官污吏剝削百姓，不擇手段。

竹帛之功

典出東漢班固《漢書．蘇武傳》：「今足下還歸，揚名於匈奴，功顯於漢室，雖古竹帛所載，丹青所畫，何以過子卿！」古代用竹簡和絹布寫字，借指典籍，意謂可以名垂史冊的功績。

竹頭木屑

典出《晉書．陶侃傳》：「時造船，木屑及竹頭悉令舉掌之。」比喻可再利用的廢物。

竹籃打水

語出明朝蘭陵笑笑生《金瓶梅．第九十一回》：「閃得我樹倒無蔭，竹籃打水。」意謂徒勞無功。

鮎魚上竹竿

典出宋朝歐陽修《歸田賦．卷二》，記載梅聖喻仕途不順，其妻刁氏嘲諷「君於仕宦，亦何異鮎魚上竹竿耶！」鮎魚黏滑無鱗，爬竹竿有困難。比喻處境很難上升。

【另見】 竹苞松茂、棲梧食竹、青梅竹馬

【識別特徵】

多年生竹類，稈高八至二十二公尺，直徑五至十四公分，節間長十至二十四公分，稈綠色有光澤。籜淡綠色至淡紅色，散布深棕色的斑點，光滑無毛；籜葉線狀三角形，外翻。小枝葉三至四枚，葉披針形至闊披針形，長五至十八公分，寬一至二．五公分，先端急尖，基部鈍圓，側脈五至六對。本屬植物均為單稈散生竹類。分布於陝西、河南、山東、華中各省、廣東、廣西及四川等地，多生長在丘陵地帶或溪流附近。

竹

湘竹染淚。

今名：斑竹
學名：*Phyllostachys bambusoides* S. et Z. f. *larcrima-deae* Keng f. *et* Wen
科別：禾本科

斑竹，又稱湘妃竹，產於湖南、河南、江西、浙江等地。唐朝陳鼎《竹譜》稱「瀟湘竹」，《群芳譜》：「斑竹即吳地稱湘妃竹者。」

古代頌揚斑竹、湘妃竹的詩句很多，主要來自「泣血成斑」的典故。如唐代詩人施肩吾的〈湘竹詞〉：「萬古湘江竹，無窮奈怨何。年年長春筍，只是淚痕多。」杜甫的〈奉先劉少府新畫山水障歌〉：「不見湘妃鼓瑟時，至今斑竹臨江活。」

竹竿布滿紫褐色斑塊與斑點，分枝亦有紫褐色斑點，自古即為著名觀賞竹。庭園、閣樓周圍，幽徑兩旁多種之，有曲徑通幽之雅。《長物志》則說瀟湘竹屬叢生之小竹，宜種於「石岩小池之畔」，可塑造幽致之景。除觀賞外，竹稈可用於製作筆桿、拐杖及飾物。用湘妃竹編成的簾子，稱

「湘簾」。湘簾具有高雅、浪漫的詩意，如元朝趙孟頫的〈即事詩〉：「湘簾疏織浪紋稀，白苧新裁暑氣微」。湘簾已發展上千年，至今仍為古樸、典雅、書香的象徵。

【識別特徵】

產黃河至長江流域各地。單稈散生竹類。高可達十餘公尺，稈徑二至五公分，幼稈綠色，成熟稈有紫褐色或淡褐色斑點，斑點的形狀不規則，數量也不定。籜黃褐色，散布紫褐色斑塊和小斑點；籜葉線形，外翻。稈節上之小枝二，一粗一細，生小枝一側之節上稈部凹下。葉片披針形至狹長披針形，先端銳尖，基部鈍形，背面稍有白粉，長六至十二公分，寬一．五至二公分。

【成語典故】

湘竹染淚

典出《博物志》：「舜崩，二妃啼，以涕揮竹，竹盡斑。」舜帝駕崩，湘妃、江娥二妃子悲傷泣血，染竹成斑，成為今日之斑竹。用以表示生離死別的悲傷、哀思之情。又作「湘娥啼竹」、「湘篁染淚」、「湘妃淚盡」。

竹

孟宗哭竹。

今名：毛竹
學名：*Phyllostachys pubescens* Mazel. *ex* H. de Lehaic
科別：禾本科

毛竹生長快，產量高，材質好，用途廣，是經濟價值最大的竹種。毛竹竹材的韌性強，篾性好，紋理通直，堅硬光滑，可以加工劈篾，製作各種農具、文具、家具、樂器以及工藝美術品和日常生活用品，如竹席、竹罩、土箕、瓦篷、扇子、竹編、竹絲、窗簾、竹尺等。毛竹也是纖維造紙工業的好原料。在現代建築工程中，毛竹也用來搭工棚和腳架。

毛竹除材性優良外，其冬筍、春筍、鞭筍、竹蓀等竹類食品營養豐富，鮮美可口，是食療保健的理想食品，尤其是冬筍，享有「天下第一筍」的美譽。竹筍也是歷代宮宴家席上的佳餚珍品。毛竹的筍味鮮美，除一般食用外，還可以製作各種筍乾和罐頭。

毛竹姿秀挺拔，高風亮節，具觀賞價值，是營造風景林、旅遊林及公園與庭前宅後環境綠化美化配植的理想竹種。一般在山地谷間或大面積園林地上栽植。天然公園內風景林之局部如以毛竹營成純林，或與針葉樹或闊葉樹營成混交林相，景色清幽，亦自宜人。大片栽植具有防風及各種環保功能。

【成語典故】

孟宗哭竹

三國時期的孟宗，冬季母親病篤，忽然想吃筍湯。孟宗跑到竹林找不到竹筍，不禁悲從中來扶著竹子大哭。他的孝心感動天，地面居然冒出竹筍來。後用來形容至孝侍奉父母之人。又作「孟宗泣筍」。

【識別特徵】

由於樹形美觀，陸續引入日本及美國。地下莖單軸散生；幼桿密被細柔毛及厚白粉，節環下也有毛，竹莖（桿）一側凹下，高八至十五公尺，徑六至十五公分。筍籜黃褐色至紫褐色，有黑褐色斑點，籜上密生棕色刺毛；籜葉長三角形至披針形。葉片小，披針形，長四至十一公分，葉耳不明顯。分布自秦嶺至長江流域。

竹

東箭南金。

今名：華西箭竹
學名：*Fargesia nitida*（Mitford）Keng f. *ex* Yi
科別：禾本科

箭竹是中國西南青藏高原東部山地森林中的林緣植物，也是大熊貓的主要食物。箭竹是小型竹類，稈徑一般不超過一公分，但竹材厚實，是製作筆桿、筷子、帳杆及編製筐籃棚架等的材料。生長於針葉林下的箭竹，其小枝及葉柄長有蟲癭，是提取竹紅菌素的主要原料。

箭竹屬植物有八十餘種，絕大部分產於中國。常見的種類除華西箭竹外，還有稈挺直、高一至四公尺的箭竹（*Fargesia spathacea* Franch）。稈壁厚，節隆起，每節具多枝；籜鞘厚紙質，綠或紫紅色，背面常密被暗棕色直立刺毛。僅分佈於湖北、四川，多生於海拔二千至二千八百公尺處的針葉林緣。也是大熊貓喜食的食物。

中國境內俗稱「箭竹」的竹類有數百種，尚包括玉山箭竹屬（*Yushania*）、矢竹屬（*Pseudosasa*）、井岡寒竹屬（*Gelidocalamus*）等。

【成語典故】

東箭南金

《爾雅・釋地》：「東南之美者，有會稽之竹箭焉……西南之美者，有華山之金石焉。」東方的竹箭、南方的金石，用來比喻優秀的人才。

箬竹

乘車戴笠。
匡床蒻席。

箬竹生長快，葉大、產量高，資源豐富，用途廣泛。其稈可用作竹筷、毛筆桿、掃帚柄等；其葉可用來製作斗笠、包粽子、做船篷襯墊等，還可用來加工製造箬竹酒、飼料、造紙及提取多糖等；其

【識別特徵】

地下莖合軸型竹類，稈高約三公尺，直徑約一公分，深紫色。籜鞘新鮮時帶紫色，後變枯草色，早落。葉鞘紫色，鞘口有黃色長毛（〇・四公分長）。葉片長五至十二公分，寬〇・七至一・二公分。圓錐花序開展，分枝腋間有腺疣。分布於甘肅南部、陝西、四川、雲南、湖北、江西之一千公尺至三千公尺林緣。

今名：箬竹
學名：*Indocalamus tessellatus*（Munro） Keng f.
科別：禾本科

筍可做蔬菜（筍乾）或製罐頭。

箬竹叢狀密生，翠綠雅麗。《本草綱目》云：「箬，若竹而弱，故名。其生疏遼，故又謂之遼。……箬，生南方平澤，其根與莖皆似小竹，其節籜

與葉皆似蘆荻，而葉之面青背淡，柔而韌，新舊相代，四時常青。」適宜種植於林緣、水濱，也可點綴山石。也可做綠籬，或地被，是中國園林重要的景觀植物。

箬竹屬（*Indocalamus*）植物有二十種以上，均產中國。大多數種類葉片寬大，有特殊香味，用來包裹粽子；也是重要藥材，有清熱止血、解毒消腫之效。常見的種類有箬竹、闊葉箬竹（*I. latifolius*（Keng）McClure）、箬葉竹（*I. longiauritus* Hand.）等。

【成語典故】

乘車戴笠

典出西晉周處《風土記》：「卿雖乘車我戴笠，後日相逢下車揖；我步行，君乘馬，他日相逢君當下。」比喻不因富貴而不認貧賤之交。

匡床篛席

西漢劉安《淮南子．主術訓》：「匡床蒻席，非不寧也。」「匡」指方正，「匡床」是舒適的床；「篛」即「箬」，「篛席」是篛竹編製的席子，是一種細草席。形容床鋪非常舒適。

【識別特徵】

叢生之小灌木狀，高可達一．五公尺，地下莖複軸型；稈之節間約二五公尺，直徑〇．五公分。籜鞘長於節間，上部寬鬆抱稈，下部緊密，密被紫褐色刺毛；籜葉窄披針形。小枝具二至四葉，葉鞘緊密抱莖（稈）。葉寬披形至長圓狀披針形，長二十至四十五公分，寬四至十公分，先端長尖，基部楔形，背面灰綠色，密被貼伏狀短柔毛。原產長江流域，特別是浙江、湖南等省之山坡。

蒲葵

蒲扇價增。

今名：蒲葵
學名：*Livistona chinensis* R. Br.
科別：棕櫚科

蒲葵，是多年生的熱帶和亞熱帶常綠喬木，喜生於高溫多濕、土地肥沃的中性土壤中，具有耐旱和耐濕的特性。幹像椰樹，挺直無分枝，葉輪廓呈圓形，葉端二叉分裂，葉闊尾短，葉脈細勻，柄直如鎗。蒲葵四季常青，樹冠傘形，葉片扇形，在溫暖地區適宜庭院綠化布置，或做行道樹、風景樹。寒冷地區室內栽培、盆栽觀賞。

除觀賞外，蒲葵葉可編制扇，葉柄和葉脈可作牙籤等。利用其葉加工製成葵扇、葵籃、葵帽、葵篷等各種葵製品，既是生活日用品，又是工藝欣賞品。用蒲葵葉製成的扇子，俗稱蒲扇，亦叫葵扇，古時稱椶扇，又稱「芭蕉扇」。炎夏可用來搧風，古代也用來在煮藥時，藥童加大火力之用，也是眾人所熟悉的活佛濟公手持之物。是中國應用最為普及的扇子。

蒲葵扇有兩種，一種由蒲葵葉直接加工而成，是典型的芭蕉扇，保持著葵葉原生的拙樸，扇柄也是蒲葵原本就有的葉柄；一種由蒲葵葉細條編織成，就是用上等的蒲葵葉，撕去葉木質的葉脈，留下葉片，撕成成二至四毫米細條，再手工編織成扇。這種扇細嫩潔白，輕巧耐用。

【成語典故】

蒲扇價增

典出《晉書．卷七十九．謝安傳》，記載晉朝名臣謝安，受人景仰。落魄同鄉來訪，送謝安一把蒲葵扇。京師士族競相仿效拿蒲扇搧風，爭相購買，致使價格激增數倍，謝安同鄉因此籌到回家的旅費。後用來指名人品題之物，價格倍增。

【識別特徵】

常綠高大喬木狀，高可達十公尺；幹有環紋和縱裂紋。葉簇生幹頂，葉大、扇形，幅可達一至一．五公尺，質厚，有折疊，裂片六十至七十；裂片先端二裂，下垂；葉柄中段以下之邊緣具刺，柄長一．二至一．五公尺。肉穗花序腋生；花小，無柄，黃綠色，花瓣革質；雄蕊六；子房三室。核果橢圓形，長約二公分，成熟後紫黑色。原產華南、琉球、日本，現在兩廣、福建等地有大量栽培。

第五章　雙子葉草本類

雙子葉植物的子葉二枚，花萼、花瓣、雄蕊之數目為四或五，或為四或五的倍數。葉脈為網狀脈，莖內維管束組織環狀排列，根通常為軸根系。草本植物和木本植物不同，草本植物的莖為「草質莖」，維管束不具有形成層，不能不斷生長，莖不會逐年變粗。雙子葉草本植物有一年生、二年生、多年生之分：一年生草本，是指從種子發芽、生長、開花、結實至枯萎死亡，其壽命只有一年。二年生草本，第一年生長季（秋季）僅長營養器官，到第二年生長季（春季）開花、結實後枯死。多年生草本植物，生活期比較長，一般為兩年以上的草本植物。

地球上的高等植物，雙子葉草本植物占多數，成語中的雙子葉草本也有二十六種以上，包括花卉、蔬菜、野菜、藥草、食品和常見野草等。其中又以蔬菜、野菜為多，有芹、茶、莪、菘、葵、葑、蓴、蓼、薺、藜、蕙等十種以上，產生「美芹獻君」、「含辛茹茶」、「春韭秋菘」、「葵藿傾葉」、「葑菲之采」、「千里蓴羹」等膾炙人口的成語。

其他有著名的花卉，如芙蓉（荷）、菊、芍藥等。其中又以芙蓉（荷）和菊的成語為多，前者有「出水芙蓉」、「並蒂芙蓉」、「步步蓮花」等，後者有「黃花晚節」、「明日黃花」、「春蘭秋菊」等。藥材方面有艾、芷、黃連等。特用作物有麻、菽、藍、蘭、芝麻等，其中蘭的成語數較多，有「義結金蘭」、「吹氣如蘭」、「遷蘭變鮑」、「蘭心蕙性」等。

成語中的常見野草多是分布普遍、族群龐大的種類。如蓬、蕕、藜、著、杖藜等，其中以蓬的成語較多，如「蓬頭垢面」、「飄蓬斷梗」等。

艾

三年之艾。蘭艾同焚。蘭艾難分。

今名：艾草
學名：*Artemisia argyi* Levl. et Vant.
科別：菊科

艾草有許多用途，自《神農本草經》問世以來就被珍視為治病良藥，「艾葉味苦……主灸百病……生肌肉，使人有子」，是針灸必備藥材。古人相當講究採收艾草的季節和時間，說：「三月三日、五月五日採葉或連莖割取，曝乾」，而且要「經陳久方可用」，所以孟子才會說「七年之病，求三年之艾。」

艾草全株均有香氣，古人咸信隨身佩帶艾草可以驅除毒氣。民間則有每逢端午在門上掛艾草辟邪的習俗，甚至將艾草剪成虎形配戴在頭上，以加強其法力。艾草香氣特殊，台灣民間至今仍會在糯米漿中加入艾葉製成「草仔粿」。

艾草分布很廣，幾乎到處可見，雖然用途不少，但相較於靈芝、澤蘭等香草，還是顯得太普通了。因此古代典籍中就以「艾」、「芝」、「蘭」這三種不同等級的植物來作為對比，艾為卑賤的象徵，靈芝與澤蘭則代表高貴，於是產生「芝艾俱焚」、「蘭艾同焚」、「蘭艾難分」等區分貴賤賢愚的成語。

【成語典故】

三年之艾

語出《孟子．離婁上》：「今之欲王者，猶七年之病求三年之艾也。」意謂七年之病，其病已深，必須使用久乾之艾草方可見效。比喻為臨渴掘井，緩不濟急之意。

蘭艾同焚

語出《晉書．孔坦傳》：「蘭艾同焚，賢愚所歎。」意謂無論貴賤賢愚均同歸於盡。

蘭艾難分

語出南朝梁沈約《宋書．沈攸之傳》：「今復相逼，起接鋒刃，交戰之日，蘭艾難分。」意謂好壞之人或敵我之間很難分得清楚。

【另見】芝艾俱焚、蘭芷蕭艾

【識別特徵】

多年生草本，植株有濃烈香氣，嫩枝被灰色絨毛。葉厚紙質，莖下部葉近圓形或闊卵形，羽狀深裂，裂片二至三，每裂片又有二至三小裂片。上部葉羽狀半裂、淺裂或不分裂，較小，有各種形狀。葉表面被灰色短柔毛，背面密被白色絨毛。頭花在分枝上集生成穗狀，在莖頂形成圓錐花序；均為管狀花，紫色。分布於中國境內低海拔至中海拔之荒地、路邊、山坡、草原等地區，蒙古、朝鮮半島、西伯利亞亦產。

芙蓉

出水芙蓉。並蒂芙蓉。步步蓮花。
面似蓮花。藕斷絲連。人鏡芙蓉。

今名：荷、蓮
學名：*Nelumbo nucifera* Gaertn.
科別：蓮科

除了芙蓉及蓮外，荷還有許多別稱，包括芙蕖、水芝、水芸及水旦等。《群芳譜》稱蓮為「花中之君子」，因此又名君子花。

荷花的葉、花、種子（蓮子）、地下莖（蓮藕）等均有實際用途，自古就與人民生活息息相關。經過多年栽培，已培育出許多不同品種，依用途可分為三類：專為收成蓮子的「子蓮」、生成蓮藕的「藕蓮」和專供賞花的「花蓮」。

荷花「出污泥而不染」的特性、清秀脫俗的形態與花姿，往往引動詩人的情懷而創作出不朽的篇章，歷朝不乏詠荷頌荷的文學作品，其中最膾炙人口的首推周敦頤〈愛蓮說〉。荷為水生植物，古代洞庭湖以南沼澤密布，這一地區自古即盛產荷花，所以唐朝的譚用之在遊覽湘江時，吟誦出「秋風萬里芙蓉國，暮雨千家薜荔村」的詩句，用「芙蓉國」來形容洞庭湖區，可見荷花之多，所占面積之大。

【成語典故】

出水芙蓉

語出南朝梁鍾嶸《詩品》：「謝詩如芙蓉出水」及宋朝無名氏《李師師外傳》：「嬌豔如出水芙蓉」。比喻詩文風格清新或用以形容女子

容貌清麗。一作初發芙蓉。

並蒂芙蓉

語出唐朝杜甫〈進艇〉：「俱飛蛺蝶原相逐，並蒂芙蓉本自雙。」比喻恩愛夫妻或兩相媲美的姿色。

步步蓮花

典出《南史．齊本紀下．廢帝東昏侯》：「鑿金為蓮華以帖地，令潘妃行其上，曰：『此步步生蓮華也。』」華，同花。形容美女慢慢行走、步履輕盈美妙的模樣。

面似蓮花

典出《新唐書．楊再思傳》：「人言六郎（張昌宗）似蓮華，非也，正謂蓮華似六郎耳。」形容男子貌美。後世以為巧諛之言。

藕斷絲連

語出唐朝孟焦〈去婦〉：「妾心藕中絲，雖斷猶連牽。」喻情意未斷。

人鏡芙蓉

典出唐朝段成式《酉陽雜俎續集》：「李固言遇一老姥，言郎君明年芙蓉鏡下及第。明年果狀元及第，詩賦題有『人鏡芙蓉』之目。」意謂預兆科舉得中，比喻考試將獲得第一名。

【識別特徵】

多年生宿根水生草本，花葉由地下莖之節部生出。葉漂浮或高出水面，扁圓形或圓形盾狀，徑三十至八十公分，表面深綠，背面稍帶白粉；全緣。葉柄密被刺。花單生，直徑十至二十公分，花瓣多數，常呈粉紅色、紅色或白色；瓣由外而內漸小，有時變成雄蕊；子房海綿質，花後膨大，包被種子。每花種子多個，種皮硬革質。分布於全中國各省，自生或栽培於池塘、水田內。俄羅斯、韓國、日本、印度、亞洲南部、大洋洲皆可見之。

芹

一芹之微。美芹獻君。

今名：水芹
學名：*Oenanthe javanica*（BL.）DC.
科別：繖形科

野生的水芹很普遍，中國各地潮濕的生育地均可見之，人工栽培的歷史也很悠久。《詩經》云：「觱沸檻泉，言采其芹」，可知在當時，水芹即為常見的野蔬。

採集野芹的最佳季節，應為初春農曆二、三月，植株初含花苞時。取淡綠色的幼葉及嫩株，用鹽輕醃一、二日後，稱為「芹俎」，可隨時煮食之。水芹亦為古代祭祀用的水菜，《周禮．醢人》記述：「加豆之實：芹菹，免醢；深蒲，醓醢。」芹為水芹，蒲為香蒲。

古籍所言之芹，除水芹外，也可能是旱芹（*Apium graveoleons* L.），中國至今尚有野生種。

水芹具有特殊的辛香味，味道比現在廣為栽植的芹菜還要強烈，有人嗜好其味，也有人對其特殊的氣味敏感而嫌惡之。

「美芹獻君」原指嗜吃水芹者以水芹餽贈他人，本以為會搏得他人讚美，卻適得其反。後來引申為自謙之稱。

【成語典故】

一芹之微

語出清朝陸隴其《三魚堂文集．與鄭唐邑書》：「一芹之微，聊申鄙忱，並祈哂納。」像一把芹菜般，自謙禮物微薄。

美芹獻君

典出《列子．楊朱》，記載有人嗜食水芹，四處誇稱味極美，同鄉富豪跟著品嘗，卻吃得澀口又鬧肚子。用來謙稱自己議論淺陋或禮物菲薄；又作「野老獻芹」。

【識別特徵】

多年生草本，莖基部匍匐。基生葉三角形至三角狀卵形，一至二回羽狀分裂；裂片或小葉長二至五公分，邊緣有整齊尖齒。複繖形花序頂生；花白色。果為分果，橢圓形或近圓錐形，長〇．二公分，果稜顯著凸起。分布於全中國、朝鮮半島、日本、中南半島及印度，台灣亦產，生長在濕地及水溝旁。

芷

沅茝澧蘭。蘭芷漸滫。
蘭芷蕭艾。

今名：白芷
學名：*Angelica dahurica*（Fish. *et* Hoffm）Benth. *et* Hook. f.
科別：繖形科

白芷是有名的香草，植株可做面脂，古人取其葉燒水沐浴，用法和澤蘭一樣，兩者也常並稱，所以《九歌·雲中君》有「浴蘭湯兮沐芳」之句，蘭即澤蘭，芳即白芷。《禮記·內則》也說：「婦或賜之飲食、衣服、布帛、佩帨、茝蘭，則受而獻諸舅姑。」古時父母長輩常以白芷及澤蘭賞賜給家族婦女佩戴，由此可知白芷與澤蘭都是古代主要的香草植物。

除了澤蘭外，白芷也會與蕙（薰草）、蓀（香蒲）等其他香草連用，如晉朝張衡的〈思玄賦〉：「珍蕭艾於重笥兮，謂蕙芷之不香」。薰草與白芷配對；蘇軾「佩蘭芷襲芳蓀」，則是香蒲和白芷並提。

白芷也是重要的中藥材，性溫味辛，可用以消腫止痛或排膿，《神農本草經》列為中品。

【成語典故】

沅茝澧蘭

語出屈原《楚辭·九歌·湘夫人》：「沅有茝兮澧有蘭，思公子兮未敢言。」比喻高潔的人品或事物。

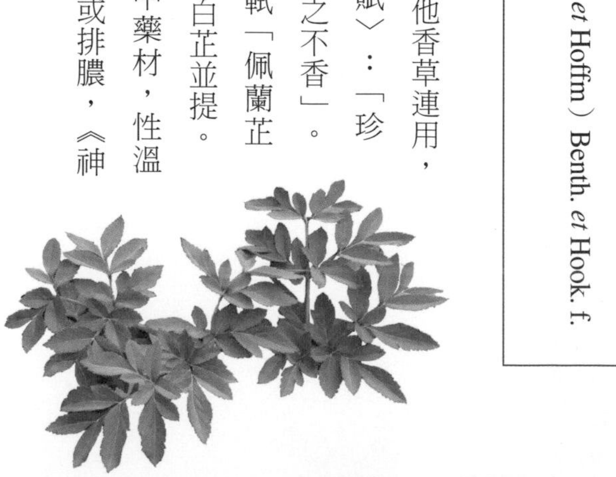

蘭芷漸滫

語出《荀子・勸學》：「蘭槐之根是為芷，其漸之滫，君子不近，庶人不服。其質非不美也，所漸者然也。」意謂把蘭、芷浸泡在臭泔水中。比喻受惡劣環境所影響。

蘭芷蕭艾

語出《楚辭・離騷》：「蘭芷變而不芳兮，荃蕙化而為茅。何昔日之芳草兮，今直為此蕭艾也。」意謂由蘭芷等香草變為蕭艾等雜草，比喻人的品性由好變壞。

【識別特徵】

多年生草本，高可達二公尺。根粗壯，圓錐形，莖亦粗壯，直徑為二至三公分，中空，紫紅色。基生葉有長柄，基部葉鞘紫色，二至三回三出羽裂，裂片卵圓形至披針形，邊緣有不規則之白色骨質粗鋸齒，基部延展成翅狀。莖上部葉有顯著之囊狀鞘。頂生或腋生複繖形花序；花白色。分布於華北、東北、內蒙古、朝鮮半島及日本等地。

荼

含辛茹荼。秋荼密網。

今名：苦菜
學名：*Sonchus oleraceus* L.
科別：菊科

荼，音塗。最遲在詩經時代，苦菜就已是主要蔬菜了，《詩經》中「誰謂荼苦」、「堇荼如飴」之荼，所指的植物都是苦菜。《禮記．月令》云：「孟夏之月……苦菜秀」，特別指明苦菜生長的節令，可以證明苦菜對古代生活的重要性。

苦菜到處可見，結實時總苞中種子量極多。由花萼特化而成的冠毛生長於種子頂端，秋季種子成熟時可以隨風傳播，因此古人描述「絮如飛雪，隨風飄揚，落處即生。」在開闊地及廢耕地均可見到苦菜繁生。生長在南方的苦菜「冬夏常青」，在北方者則「至冬而凋」。苦菜味道雖苦，但經霜後反而「甜脆而美」。另外，苦菜也可當作調料使用，《禮記．內則》「濡豚，包苦實蓼」，意思是說在醃製豬肉時，可外裹苦菜、內塞水蓼來去其腥味。

順帶一提，古文中的「荼」也解作白色的茅花，如火如荼原意是形容全軍做白色裝束的軍隊遠望如茅花一片；而全軍做紅色裝束的軍隊遠望則火紅一片，用以比喻軍容壯盛，後引申為聲勢熱烈壯大。

【成語典故】

含辛茹荼

語出明朝袁宏道〈王氏兩節婦傳〉：「含辛茹荼，以訓其孫若子。」意謂歷經艱辛，忍受種種苦難。一作含辛茹苦。

秋茶密網

語出西漢桓寬《鹽鐵論．刑德》：「昔秦法繁於秋茶，而網密於凝脂。」意謂秦國法條多，如秋天繁茂的茅草白花，又細密如魚網。比喻刑法嚴苛細密。

【識別特徵】

一年生草本，高約四十至五十公分，植株富含乳汁。葉柔軟，羽狀深裂至淺裂，長十至一八公分，寬五至七公分；葉緣處有刺狀尖齒。下部葉柄有翅，基部擴大抱莖；中上部的葉無柄，基部擴大成耳形。頭花在莖頂排成繖房狀，總苞長約十公分，暗綠色，有腺毛；舌狀花黃色。瘦果長橢圓狀倒卵形，扁壓；冠毛毛狀，白色。產於歐亞大陸及台灣，屬於世界廣布種，多生長在河谷、路旁及山稜等處。

麻

蓬生麻中。快刀斬亂麻。裂白麻。

拽布拖麻。

麻有多種，大麻和黃麻（*Corchorus capsularis* L.）較為常見，均為使用歷史悠久的纖維植物。但春秋以前，中原地區的麻類大概只有大麻，用其莖皮纖維紡織為布，有時用種子榨油或直接食用，古代栽植極為普遍。

今名：大麻
學名：*Cannabis sativa* L.
科別：大麻科

大麻植株分雌雄，雄株謂「枲麻」或「牡麻」；雌株謂「苴麻」或「莩麻」，農曆五、六月間開花，花名「麻勃」。結實後，籽連殼稱之為「麻

蕡」。至於黃麻需要在溫度較高及多雨的環境中生長，對於土壤的耐鹽性較差，不適合在中國北方栽植，但在華中以南，極易栽培。黃麻莖皮可做麻袋、麻繩、粗布等，也是古代廣泛栽植的纖維作物。

無論是大麻或黃麻，均以種子直播田間，萌芽後的幼苗期植栽密度極高，使植株直立細長，收成的纖維品質較高；在收成前通常會進行二至三次的間拔，疏開植株密度，使單株有足夠的生長空間。而生長在麻類之間的飛蓬或其他蓬類植物，雖然有枝椏橫生的特性，但在麻中生長時，為了爭取足夠陽光，必須加速生長，使植株也直立挺拔。因此，才會有「蓬生麻中，不扶而直」的現象。

【成語典故】

蓬生麻中

語出《荀子．勸學》：「蓬生麻中，不扶而直。」比喻環境對人影響甚大。

快刀斬亂麻

典出東漢謝承《後漢書．方儲傳》：「以繁亂絲付諸使理，儲拔佩刀三斷之，曰：『反經任勢，臨事宜然。』」比喻以果斷迅速的手段處理錯綜複雜的問題。

裂白麻

典出唐朝李肇《唐國史補卷上》記載，唐德宗想用奸臣裴延齡為相，諫議大夫陽城曰：「白麻若出，吾必裂之而死！」意謂若是拜相的白麻詔書出來，他就將之撕掉。後世遂用「裂白麻」作為稱詠正直敢諫的大臣。

拽布拖麻

出自元朝白樸《梧桐雨・第三折》：「拽布拖麻，奠酒澆茶，只索淺土兒權時葬下。」披麻戴孝，指辨喪事。

【識別特徵】

一年生直立草本，高一至三公尺，枝具稜，密生灰白色伏毛。葉互生或下部對生，掌狀全裂，裂片披針形至線狀披針形，長七至十五公分，先端漸尖，基部楔形，表面深綠，被疏粗毛；葉緣為內彎之粗鋸齒。花單性，雌雄異株；雄花序為鬆散之圓錐花序，長二十五公分，花黃綠色，雄蕊五；雌花叢生於葉腋，綠色。瘦果果皮堅脆，表面有細網紋。原分布於錫金、印度及中亞細亞，目前各地均有栽培。

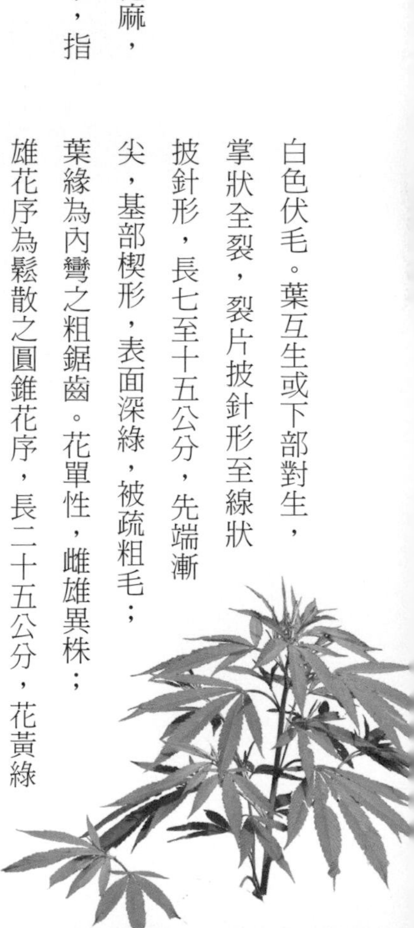

莪

蓼莪之思。蓼莪廢讀。

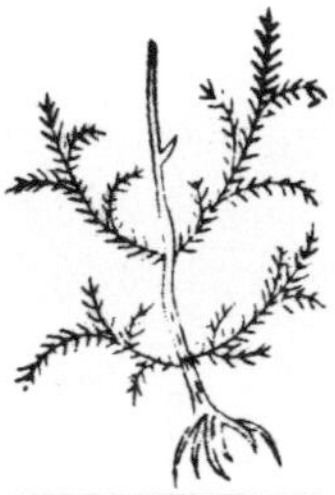

今名：播娘蒿
學名：*Descurainia sophia*（L.）Schur.
科別：十字花科

莪又名莪蒿、蘿蒿，因植株抱根叢生，又稱播娘蒿；果實為角果，因此又名角蒿，其根大而狀。春季三月吐莖，幼莖及嫩葉可生食或蒸食，味道香美，滋味遠勝於蔞蒿、牡蒿或其他蒿類。是古人經常摘食的野菜；莖稈老時則可為薪材。種子供藥用，藥材名「南葶藶子」。

《詩經・小雅・蓼莪》篇感歎父母生我以為美材，但我卻不成器，有辱父母的期望，不僅未能成為有用的「莪」，反倒成為一無是處的「蒿」（蔞蒿，*Artemisia selengensis* Turcz. *ex* Bess.）及「蔚」（牡蒿，*Artemisia japonica* Thunb.）。全篇充滿了自責與對父母的追悼之情。

據《晉書・王裒傳》所載，王裒由於父親死於非命，悲痛之下避官隱居，開班授徒。每講授《詩經・小雅・蓼莪》篇中的「哀哀父母，生我劬勞」時，經常會悲從中來，痛哭失聲。門生見狀不忍，於是決定略去〈蓼莪〉之篇，此為蓼莪廢讀的由來。

【成語典股】

蓼莪之思

典出《詩經・小雅・蓼莪》：「蓼蓼者莪，匪莪伊蒿。哀哀父母，生我劬勞！蓼蓼者莪，匪莪伊蔚。哀哀父母，生我勞瘁！」意謂孝子思親。

蓼莪廢讀

典出《晉書・王裒傳》：「讀《詩》至『哀哀父母，生我劬勞』，未嘗不三復流涕，門人受業者並廢〈蓼莪〉之篇。」意謂對父母的追念傷悼。

【識別特徵】

一年生草本，莖直立多分枝，密被灰色柔毛，植株呈灰白色。葉狹卵形，長三至五公分，寬二至二．五公分，二回至四回羽狀深裂，裂片狹線形；上部葉無柄，下部葉有柄。花淡黃色，徑約○・二公分。長角果狹線形，長二至三公分，寬約○・一公分，無毛。分布於華北、西北、華東、四川，歐洲、非洲北部及北美均產之，生長在田澤潮濕之處。

菽

不辨菽麥。瓜剖豆分。兩豆塞耳。煮豆燃萁。啜菽飲水。目光如豆。布帛菽粟。菽水承歡。種豆南山。

今名：大豆
學名：*Glycine max* Merr.
科別：蝶形花科

大豆原產於中國，古稱「菽」，漢代以後才稱為豆。約有五千年以上的人工栽培史，新石器時代遺址中就有大豆的殘留物。

大豆品種繁多，有「黑、白、黃、褐、青、斑數色」，別名有黃豆、青豆、黑豆等，而其中以黃豆最常見。在中國、日本和朝鮮，不同軟硬的豆腐已有數千年歷史。大豆加工之後，也可以製成醬油、味噌、納豆或腐乳等食品，並製造各種豆製品，創造出歷久不衰、流行全世界的醬油和豆腐文明。豆渣或磨成粗粉的大豆也常用於禽畜飼料。

大豆在古代被視為穀類，由常用的成語可以得知，大豆或其他豆類在古人生活中占有極大份量。《淮南子》云：「菽，夏生冬死」，是九穀中收穫最後者，因此才有不辨菽麥和布帛菽粟的成語傳世。在土壤貧瘠的山區，即《戰國策》所載：「韓地險惡，山居，五穀所生，非麥而豆。民之所食，大抵豆飯藿羹。」大豆代替麥類成為貧窮山戶的主食，吃「豆飯」喝「藿羹」（藿指豆葉）道盡生活清苦。

【成語典故】

不辨菽麥

語出《左傳．成公十八年》：「周子有兄而無慧，不能辨菽麥，故不可立。」意謂分辨不清豆子和麥子。指愚昧無知，不曉世事。

瓜剖豆分

語出南朝宋鮑照〈蕪城賦〉：「出入三代，五百餘載，竟瓜剖而豆分。」意謂國土遭人分割。

兩豆塞耳

語出《鶡冠子・天則》：「夫耳之主聽，……兩豆塞耳，不聞雷霆。」意謂被細小的事物或成見所限，看不到真實情況，接受不了新事物。

煮豆燃萁

語出《世說新語・文學篇》記載三國魏文帝曹丕命令弟弟曹植七步成詩，否則要懲處。曹植寫下：「煮豆持作羹，漉菽以為汁。萁在釜下然，豆在釜中泣。本是同根生，相煎何太急？」意謂兄弟何苦相逼迫。

啜菽飲水

出自《荀子・天論》：「君子啜菽飲水，非愚也，是節然也。」餓了吃豆羹，渴了喝清水。形容生活清苦。

目光如豆

典出清朝錢謙益《列朝詩集小傳，丁集下・茅待詔元儀》：「世所推名流正人，深衷厚貌，修飾邊幅，眼光如豆，寧足與論天下士哉？」眼光像豆子那樣小。形容見識淺短，缺乏遠見。

布帛菽粟

典出《宋史・程頤傳》：「其言之旨，若布帛菽粟然，知德者尤尊崇之。」「帛」指絲織品；「菽」是豆類；「粟」為小米，泛指糧食。「布帛菽粟」原指生活必需品。比喻極平常卻又不可或缺的東西。

菽水承歡

語出《禮記》：「啜菽飲水盡其歡，斯之謂孝。」意謂雖然生活清苦，只要恪盡孝道，也能搏得父母歡心。

種豆南山

語出陶潛〈歸田園居〉：「種豆南山下，草盛豆苗稀。」意謂安貧樂道；或歌頌歸隱田園的恬適生活。

【另見】豆重榆暝

【識別特徵】

一年生直立草本，莖密生褐色長硬毛。三出葉，小葉菱狀卵形，側生小葉較小，長七至十二公分，寬三至六公分，先端漸尖，基部楔形至圓形，兩面均密生長柔毛。總狀花序腋生；蝶形花冠，花冠小，白色或淡紫色。莢果矩形，略彎曲，黃綠色，密生黃色長硬毛；種子二至五，球形或近卵形，長約一公分。原產於中國大陸，世界各地均有栽培，是重要的油料植物。

菊

菊老荷枯。黃花晚節。明日黃花。春蘭秋菊。持螯封菊。

今名：菊
學名：*Chrysanthemum morifolium* Ramat.
科別：菊科

菊花是九月秋天的花朵，稱為「節華」。漢朝崔寔的《四民月令》也提到：「九月九日，可採菊華，收枳實。」自古以來菊花就是九九重陽佳節最重要的應時花卉，如唐朝孟浩然〈過故人莊〉云：「待到重陽日，還來就菊花」。僧皎然〈尋陸鴻漸不遇〉中則提到：「近種籬邊菊，秋來未著花」，秋天到了，菊還不開花是很不尋常的事。

菊花開放於深秋霜凍之時，文人以其不畏寒霜的特性來象徵晚節清高，宋朝周敦頤則譽稱菊花為「花之隱逸者」。蘇軾〈初冬贈別劉景天〉：「荷盡已無擎雨蓋，殘菊猶有傲霜枝；一年好景君須記，最是橙黃橘綠時。」以「傲霜之枝」的菊花來比喻志節堅貞。

菊花有多種花色，但以黃色為正色，因此菊花又稱「黃花」。菊花除觀賞外，也是重要飲品，《離騷》有「夕餐秋菊之落英」句，現代人仍嗜飲「菊花茶」。此外，陶弘景云：「莖紫氣香而味甘，葉可作羹。」菊可當菜蔬食用。菊又可供藥用，所謂「正月採根，三月採葉，五月採莖，九月採花，十一月採實」，一年四季都有其特殊用途。

【成語典故】

菊老荷枯

語出明朝沈采《千金記．通報》：「辜負卻桃嬌柳嫩三春景，捱盡了菊老荷枯幾度秋。」意謂菊花凋零而荷花枯萎，比喻女子年老色衰。

黃花晚節

語出北宋韓琦《安陽集．九日水閣》：「雖慚老圃秋容淡，且看黃花晚節香。」黃花為菊花的別稱；比喻晚年還保有高尚節操。

明日黃花

語出蘇軾〈九日次韻王鞏〉：「相逢不必忙歸去，明日黃花蝶也愁。」意謂過時事物或事過境遷。

春蘭秋菊

語出《楚辭·九歌·禮魂》：「春蘭兮秋菊，長無絕兮終古。」春天的蘭花、秋天的菊花，不同時期各領風騷，比喻人物各領擅場。

持螯封菊

典出劉義慶《世說新語·任誕》：「一手持蟹螯，一手持酒杯，拍浮酒池中，便足了一生。」形容吃蟹看菊的情趣。

【識別特徵】

多年生草本，高可達一百五十公分，莖直立，基部常木質化；小枝被柔毛。葉互生，卵形至卵狀披針形，長五至七公分，寬三至四公分；邊緣有粗鋸齒，或深裂成羽狀，背面被白色絨毛。頭狀花序頂生或腋生，徑三至五公分，總苞三至四層，線形，被白色絨毛；舌狀花為雌花，白色、黃色、紅色或紫色；管狀花兩性，黃色。原產於中國及日本，形態變異大，品種繁多，自古即為觀賞花卉。

菘

春韭秋菘。

白菜古名為「菘」，其名稱由來，據陸佃《埤雅》云：「菘性凌冬不凋，四時常見，有松之操，故其字會意。」意思是說松樹歲寒不凋，白菜同樣也經冬不凋，因此以菘為名。北地所產的白菜鮮嫩肥大，王世懋譽之為「蔬中神品」，而《本草經》稱其中最肥大者為「牛肚菘」。

今名：白菜
學名：*Brassica pekinensis*（Lour.）Rupr.
科別：十字花科

根據栽植季節，可區分為春菘及晚菘。晚菘於農曆八、九月間栽種，南方地區者可在畦內過冬，隨時取食；北方由於冬季酷冷，必須收藏在地窖中，或醃製成乾菜越冬。南宋范成大〈春日田園雜興〉：「桑下春蔬綠滿畦，菘心青嫩芥薹肥」，詠的是春菘；陸游〈菘園雜詠〉：「雨送寒聲滿背蓬，如今真是荷鉏翁。可憐遇事常遲鈍，九月區區種晚菘。」以及金朝元好問的「菘肥秋末黃」句說的則是晚菘。

古籍均稱白菜為菘，一直到南宋詩人楊萬里〈進賢初食白菜，因名之以水精菜〉一詩中才首次採用白菜一名，並一直沿用至今。

【成語典故】

春韭秋菘

語出《南史．周顒傳》：「文惠太子問顒菜食何味最勝，顒曰：『春初早韭，秋末晚菘。』」意謂初春的韭菜與秋末的白菜味道最美，引申為應時蔬菜。

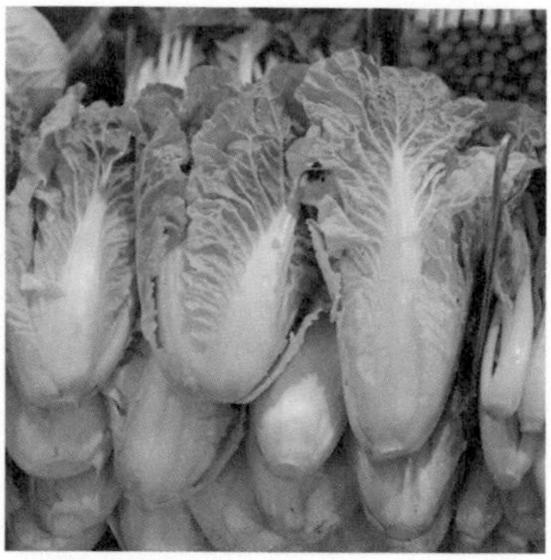

【另見】早韭晚菘

【識別特徵】

二年生草本。葉基生，大形，倒卵狀長圓形至闊倒卵形，長三十至六十公分，先端圓鈍，邊緣皺縮，中肋白色，很寬，具多數粗壯側脈；葉柄亦白色，扁平，長五至十公分，寬二至八公分。總狀花序繖房狀；花鮮黃色，瓣、萼均四，雄蕊六，四強。角果長三至六公分，徑約〇．三公分，兩側扁壓。原產於華北，目前各地廣泛栽培。

葵

拔葵去織。葵霍傾葉。拔葵啖棗。兔葵燕麥。

今名：冬葵、野葵
學名：*Malva verticullata* L.
科別：錦葵科

冬葵是古代家常食用的蔬菜，《詩經．豳風》中「七月亨葵及菽」之「葵」即為冬葵。冬葵又名露葵，味「甘滑」，四處可見，古人採集嫩葉「備四時之饌」。冬葵是中國古代重要的蔬用植物，民間多有栽培，因此成語才用拔葵去織以喻不與民爭利的決心。

冬葵葉會隨著太陽移動而調整其角度，古人說是「不使照其足」，但以科學觀點而言，葵葉隨著太陽移動是為了得到足夠的陽光以進行光合作用，製造養分。冬葵隨著日轉的特性常用來比喻忠君之志，如杜甫詩：「葵藿傾太陽，物性固莫奪」；而劉長卿〈詠牆下葵〉：「此地無常日，青青獨在陰。太陽偏不及，非是未傾心。」則用葵葉的向日特性來暗喻自己忠君卻不獲理解與信任。三國時代的曹植更喻自己為葵花，皇帝為太陽，以示矢志追隨之意。與葵藿傾葉意思相同者還有葵藿之心及葵花向日等。

此外，原產於北美洲的向日葵（*Helianthus annuus* L.），同樣具有向日特性。向日葵屬於菊科，引進中國後主要取其種子以生產油料，各地均有栽培。

名為菟葵的植物有兩種，一為毛茛科的菟葵（*Eranthis stellata* Maxim.），一為冬葵或野葵的別稱。毛茛科的兔葵主產東北及朝鮮半島，其他同屬的兩個中國產種類都是狹幅種，僅產四川。冬葵則分布極廣，常生長在空曠的荒廢地。

【成語典故】

拔葵去織

語出《宋書．謝莊傳》：「臣愚謂大臣在祿位者，尤不宜與民爭利，不審可得在此詔不？拔葵去織，實宜深弘。」意謂拔掉冬葵，放棄織帛。比喻官吏不與百姓爭利。

葵霍傾葉

語出三國曹植〈求通親表〉：「若葵藿之傾葉，太陽雖不為之回光，然終向之者，誠也。」比喻下對上忠誠不二之心。

拔葵啖棗

出自唐朝獨孤及〈唐丞相故江陵尹御史大夫呂諲諡議〉：「闔境無拔葵啖棗之盜，而楚人到於今猶歌詠之。」拔人家的菜蔬，偷吃人家的棗子。比喻小偷小盜。

兔葵燕麥

出自唐朝劉禹錫〈再遊玄都觀並引〉：「重遊玄都觀，蕩然無復一樹，唯兔葵燕麥動搖於春風耳。」形容荒涼蕭條的景象。

【識別特徵】

二年生草本，高五十至九十公分，幼莖莖直立，被星狀長柔毛。葉互生，腎形至圓形，掌狀五至七淺裂，兩面被粗糙伏毛或光滑。葉柄長二至八公分，托葉有星狀柔毛。花叢生葉腋；花小，白色至淡紅色；花瓣五，倒卵形，先端凹。小苞片三，有細毛；萼片杯狀，五齒裂。蒴果扁圓形，成熟時心皮分離並自中軸脫離。分布於亞熱帶至北溫帶，包括中國各省、印度、緬甸及歐洲等，常生於村落原野、路旁及耕地附近。

葑

葑菲之采。

蕪菁又名蔓菁，古名為「葑」，具有白色或紅色的塊根，與古名為「菲」的蘿蔔（*Raphanus sativus* L.）同樣都是以食塊根為主的蔬菜。蕪菁四季皆可食：「春季食苗，夏初食其心（薹），秋食莖，冬季塊根長成，可食其根。」在西周之前已成為重要蔬菜。《周禮．天官．醢人》云：「朝事之豆，其實……菁菹」，菁菹就是以蕪菁加工製成的醃菜。楚漢爭霸時，劉邦曾閉門自種蕪菁，偽裝成胸無大志的人以矇騙項羽，後世即以「蕪菁」或「蔓菁」比喻胸無大志或無能力者。

蘿蔔原產於中國，《爾雅》、《詩經》及《神農本草》等古代文獻均有記載，可見栽培的時間相當早。蘿蔔最早用於中藥，有「消痰止咳，治肺痿」的功效。蘿蔔也是重要菜蔬，可蒸食亦可生啖。四季有不同名稱：春曰「破地錐」，夏曰「夏生」，秋曰「蘿蔔」，冬曰「土酥」。

今名：蕪菁
學名：*Brassica rapa* L.
科別：十字花科

【成語典故】

葑菲之采

語出《詩經．邶風．谷風》：「采葑采菲，無以下體。德音莫違，及爾同死。」採摘葑菜和蘿蔔，不要只取根部。意謂夫妻相處應以德為重、有始有終，不可因妻子容顏日衰而遺棄。此為棄婦怨訴之詩，後

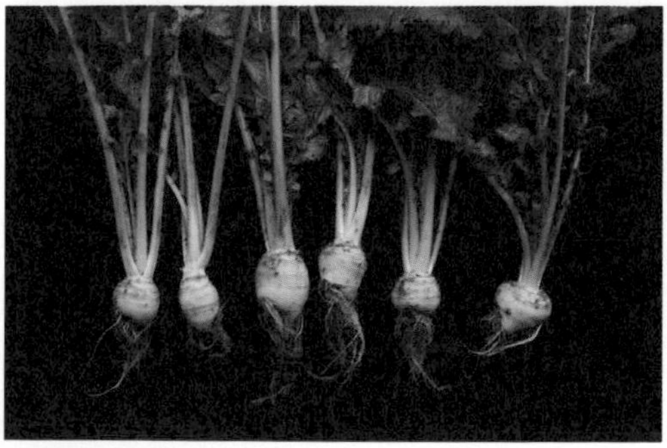

引申為請人不吝採納的謙詞，或謂取其善者用之。

【另見】橡飯菁羹

【識別特徵】

二年生草本，塊根扁圓錐形或球形，白色或紅色，無辣味；莖直立，有分枝。葉片叢生，基生葉較大，長二十至三十公分，羽裂成為複葉，邊緣波狀，淺裂，有不整齊之齒牙；表面散生刺毛，背面有白色尖短刺毛。中部及上部葉較小，長三至十二公分，長橢圓狀披針形。葉基部心形，抱莖。總狀花序頂生；花鮮黃色，有短爪。長角果線形，長四至八公分。原產於西亞、歐洲。

蓬

飛蓬隨風。蓬門蓽户。蓬頭垢面。蓬蓽生輝。孤蓬自振。飄蓬斷梗。蓬户甕牖。蓬心蒿目。

今名：飛蓬
學名：*Erigeron acris* L.
科別：菊科

飛蓬小枝及葉散生，植株雜亂。《說文解字》謂蓬蒿為「草之不理者」，後世因而用「蓬」來形容雜亂的事，後又引申為簡陋、破敗之意，如蓬門蓽戶、蓬蓽生輝及蓬牖茅椽等。

飛蓬的植株地上部較大，即所謂「末大於本」，遇到強風常常連根拔起，隨風滾動，所以《說苑》云：「秋蓬，惡於根本而美於枝葉，秋風一起，根且拔也。」飛蓬隨風、秋蓬離根、飄蓬斷梗等形容居無定所、四處漂泊的成語都與飛蓬的形態與習性有關。《淮南子》

甚至說上古聖人，「見飛蓬轉而知為車」。意即古人看到滾動的飛蓬而有發明車輪的靈感。

蓬類植物有許多種類，經常生長在荒廢的土地上，一般都視為雜草，如劉長卿〈穆陵關北逢人歸漁陽〉：「處處蓬蒿遍，歸人掩淚看」，以蓬和蒿來形容荒涼的景色，其中的蓬與蒿都非指特定種類。

【成語典故】

飛蓬隨風

語出《管子．形勢》：「蓬飛，因風動搖不定。」意謂枯蓬隨風飛轉，比喻人行蹤不定或意志不堅。

蓬門蓽戶

語出西晉段灼〈上表陳五事〉：「二者苟然，則蓬門蓽戶之俊，安得不有陸沈者哉！」以蓬草編門，用樹枝、竹枝築窗，形容貧戶住處之簡陋；常用以謙稱自宅。

蓬頭垢面

語出《魏書．封軌傳》：「君子整其衣冠，尊其瞻視，何必蓬頭垢面，然後為賢。」意謂頭髮亂如蓬草，面容污垢不潔。

蓬蓽生輝

語出元朝秦簡夫《剪髮待賓》：「貴腳踏於賤地，蓬蓽生光。」以篷蓽謙稱自宅，謝人過訪之詞。

孤蓬自振

典出南朝宋鮑照〈蕪城賦〉：「孤蓬自振，驚沙坐飛。」蓬指蓬草，單棵的蓬草隨風飄零，尚且要振作。比喻失意但不甘沉淪，奮力振作，欲有所作為。

飄蓬斷梗

典出宋朝宋澤〈上鄭龍圖求船書〉：「全家百指，如飄蓬斷梗，一在天之涯，一在地之角。」蓬蒿遇風常吹折離根，飛轉不已；梗指植物的枝莖。如同飄飛的蓬蒿、折斷的枝莖一般。形容人東奔西走，生活不固定。

蓬戶甕牖

語出《禮記．儒行》：「蓽門圭窬，蓬戶甕牖。」用蓬草編的門，以破瓦甕做的窗。指窮苦人家，生活居處極為簡陋。

蓬心蒿目

語出唐朝獨孤授〈運斤賦〉：「蒿目猶視，蓬心自師。」形容內心沒有主見，兩眼迷惑不清。

【另見】桑弧蓬矢、蓬生麻中、萍飄蓬轉

【識別特徵】

二年生草本，高可達五十公分。上部分枝、莖有稜，密生粗毛。葉互生，倒披針形，長二至十公分，寬〇．三至一．二公分，兩面被硬毛。頭狀花序集成繖房狀或圓錐狀；外圍小花舌狀，淡紫紅色，中間為管狀花，黃色。廣泛分布於中國大陸，北自內蒙古、東北，南至青海，西自新疆、西藏，東至河北等地均產之；西伯利亞、蒙古、日本、北美等地亦有分布。

蓴

千里蓴羹。蓴羹鱸膾。

今名：蓴菜
學名：*Brasenia schreberi* Gmel.
科別：蓴菜科

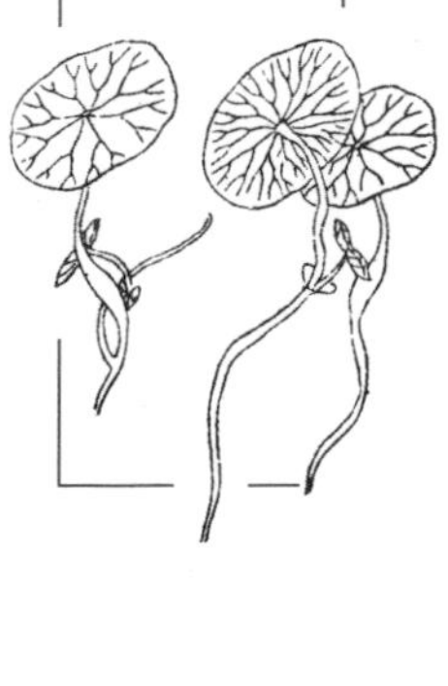

蓴菜的古名有茆、錦帶、水葵、露葵及屏風，生長於長江流域以南的湖澤中，在水深的地方莖肥大而葉少，水淺的地方則莖纖細而葉多。農曆三、四月嫩莖尚未開始長葉，「細如釵股」，黃紅色，軟嫩味甜；五月以後的嫩葉可以生吃，也可以煮食。江南一帶的水澤之鄉，視蓴菜為佳餚，特別是與鱸魚為羹，更讓人回味無窮，是客居在外的江南人士最想念的家鄉味。因此懷鄉思歸的人，都稱之為「蓴客」。

杭州西湖的蓴菜相當有名，明朝沈明臣〈西湖採蓴曲〉頌云：「西湖蓴菜勝東吳，三月春波綠滿湖」。其上市季節主要是春天，初春嫩莖初生稱為「樨蓴」或「稚尾蓴」；春末葉子初發，細葉狹長，則稱為「絲蓴」，是採收供食的最佳時節；中秋過後，莖葉逐漸粗硬，名之為「瑰蓴」或「葵蓴」，此時的蓴菜莖葉有蝸牛寄生，已不宜生食；十月、十一月以後的秋末初寒時節，蓴菜「味苦體澀」，不適合食用，可採集餵豬，稱為「豬蓴」或「龜蓴」。此外，味道鮮美的蓴菜也是古代的祭祀供品。

【成語典故】

千里蓴羹

語出南朝宋劉義慶《世說新語．言語》：「有千里蓴羹，但未下鹽豉耳。」意謂具有家鄉風味的名菜，泛指有地方特色的土特產，也可以引申比喻思鄉之情。一作「蓴羹鹽豉」。

蓴羹鱸膾

語出《晉書・張翰傳》：「翰因見秋風起，乃思吳中菰菜、蓴羹、鱸魚膾。」蓴羹和鱸魚膾均為江南名菜，張翰懷念故鄉菜而辭官返鄉。後以「蓴羹鱸膾」比喻歸隱之思。一作「秋思蓴鱸」。

【識別特徵】

多年水生草本，具根狀莖。葉橢圓形至矩圓形，盾狀，背面藍綠色，兩面無毛；全緣。葉柄長二十五至四十公分。花為單生，徑一至二公分，暗紫色；萼及瓣皆三至四，均花瓣狀，宿存；花藥線形；心皮六至十八，離生，花柱短，柱頭側生。堅果卵圓形，革質。分布於江蘇、浙江、江西、湖南、四川、雲南之池塘、湖或沼澤地。俄羅斯、日本、印度、北美、大洋洲、非洲西部均產。

蓼

含蓼問疾。蓼蟲忘辛。

蓼，音瞭。蓼的種類很多，《神農本草經》中就有青蓼、香蓼、水蓼、馬蓼、紫蓼、赤蓼、木蓼等多種。其中水蓼葉似蓼，莖赤色，生長在淺水澤中，分布於大江南北。由於味道辛辣，因此水蓼又名「辣蓼」，自古即是食品調味料，為古代的五辛之一（五辛包括蓼、蒜、蔥、韭、芥）。烹調魚肉要去腥時，水蓼是首要材料。由於日常使用頻繁，因此古人「種蓼為蔬」。江南地區，例如廣東鄉

今名：水蓼
學名：*Polygonum hydorpiper L.*
科別：蓼科

間，目前仍採集水蓼莖葉來調製魚蟹，不過已逐漸由蔥、薑、香菜等所取代。

據《吳越春秋》記載越王句踐為了雪恥復國，平日除臥薪嘗膽外，還以味道苦辣的水蓼來自我警惕。此外，水蓼也代表艱苦之意，如《詩經．周頌．小毖》：「未堪家多難，予又集于蓼。」蓼蟲不知苦與「蓼蟲忘辛」則以生長在水蓼葉上的蟲子，因為已經習慣水蓼味道而不會遷移至味道甘甜的葵菜植株上，來比喻萬物各安天性。

古時也用蓼葉來製造酒麴，嫩葉則可當菜蔬食用。《唐本草》還特別提到，搗碎水蓼枝葉，直接敷在傷口上可以治療蛇毒；絞汁服下則可阻止蛇毒進入體內。取新鮮莖葉和食鹽搗揉後，其汁液可治霍亂；果實為利尿劑。

【成語典故】

含蓼問疾

語出《三國志．蜀書．先主傳》裴松之注引習鑿齒文：「觀其所以結物情者，豈徒投醪撫寒，含蓼問疾而已哉！」意謂口含蓼葉來提神，不辭勞苦地慰問傷病者。形容國君安撫軍民、與百姓同甘共苦。

蓼蟲忘辛

語出《文選．王粲．七哀》：「蓼蟲不知辛，去來勿與諮。」吃慣辣味草的蟲子，久了也就習慣了。比喻人為了所好就會不辭辛勞。

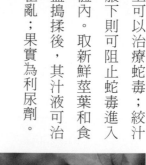

【識別特徵】

一年生草本，生沼澤、水邊及山谷濕地。葉披針形至橢圓狀披針形，長四至八公分，寬〇．五至二．五公分，頂端漸尖，基部楔形，兩面無毛，被褐色小點，葉全緣，具緣毛；葉具辛辣味，總狀花序且花稀疏，下垂；花具苞片，每苞片三至五花；花被五，白色或淡紅色，被黃褐色透明腺點。瘦果卵形，長〇．二至〇．三公分，凸鏡狀或具三稜，密被小點，黑褐色，包於宿存花被內。分布於中國各地、韓國、日本、印尼、印度、歐洲及北美。

蕙

芝焚蕙歎。蕙心蘭質。
蘭心蕙性。薰以香自焚。

蕙又名香草、蕙草、薰草、零陵香，與芝（靈芝）、蘭（澤蘭）都是《楚辭》中常見的香草。植株能去除惡臭，乾枯之後香味猶存，隨身佩帶可以香體去臭。婦人以蕙草浸油飾髮或煮水沐浴，說此香「無以復加」，也可和各種香草做成湯丸使用。

古代的「祓除」儀式（一種消災求福的祭祀），常用蕙草薰香，此即「薰草」一名的由來。祭祀時所用的香草也有階級尊卑之分，即「天子以鬯，諸侯以薰，大夫以蘭」（天子用鬱金，諸侯用薰草，大夫用澤蘭及白芷）。《淮南子．說林訓》也說「腐鼠在壇，燒薰於宮。」燃燒薰草以去除惡臭。此外，薰草也可編製成坐墊或草席，有滿室生香的效果，不過使用者往往限於富貴人家。

古今詩畫多以「蕙」為題材，許多人以為蕙草十分珍罕，其實在台灣各地栽植極為普遍，就是日常烹調往往會用到的食品香料「九層塔」。九層塔

今名：九層塔、薰草、零陵香、羅勒
學名：*Ocimum basilicum* L.
科別：唇形科

是不可或缺的去腥香料，不過古籍上反而極少提到食品上的用途。《楚辭》中視「蕙」為香草，多用於佩帶、除臭或寄寓忠貞之情。

【成語典故】

芝焚蕙歎

語出晉朝陸璣〈歎逝賦〉：「信松茂而柏悅，嗟芝焚而蕙歎。苟性命之弗殊，豈同波而異瀾？」意謂芝草被焚而蕙草歎息。芝蕙俱為香草，用以比喻物傷其類。

蕙心蘭質

語出南朝宋鮑照〈蕪城賦〉：「東都妙姬，南國麗人，蕙心紈質，玉貌絳脣。」意謂心似蕙草芬芳，品德像紈素潔白。比喻女子心地純潔，品性高雅。一作「蕙質蘭心」或「蕙心紈質」。

蘭心蕙性

語出宋朝柳永〈玉女搖仙珮〉：「願奶奶，蘭心蕙性，枕前言下，表余深意。」比喻女子心地純真善良。

薰以香自焚

語出《漢書．龔勝傳》：「嗟，薰以香自焚，膏以明自銷。」比喻人因懷才而招忌，惹來禍端。

【另見】一薰一蕕、薰蕕異器

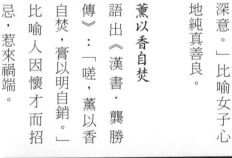

【識別特徵】

一年生草本，莖高三十至七十公分，多分枝。小枝四稜，被短柔毛。葉對生，卵圓形至卵狀橢圓形，長二．五至五公分，寬一至二．五公分，先端鈍或急尖；近全緣，或邊緣不規則齒牙狀，背面有腺點。花序輪繖狀，每輪約六花；唇瓣，花冠淡紫色，或上唇白色，下唇紫紅色，長約〇．六公分；雄蕊四。小堅果卵球形，黑褐色。原產於非洲至亞洲溫帶地區。

蕕

一薰一蕕。薰蕕異器。

今名：蕕
學名：*Caryopteris incana*（Thunb.）Miq.
科別：馬鞭草科

蕕屬於馬鞭草科，該科成員植物體多有臭氣，如臭茉莉〔*Clerodendron chinesse*（Osbeck）Mabb.〕、海州常山（*Clerodendron trichotomum* Thunb.）、馬纓丹（*Lantana camara* L.）等。蕕與薰草一臭一香，為全然不同的兩類植物，兩者同置一處，蕕的臭味會蓋過薰草的香味。因此，古人才會說：「一薰一蕕，十年尚猶有臭。」薰草屬於唇形花科，該科植物多有濃郁香氣，薄荷即為其一。因此文中的薰與蕕非指特定植物，可適用於兩科中的多種植物。

　蕕莖節節有根，常生長在水田中或潮濕的山坡上，古稱軒宇、蔓于、羊麻或羊粟，植株可用來飼馬，因此又稱馬飯。葉子搗碎後可敷毒腫，絞汁後吞服可消渴，是民間常用的草藥，全株有「祛風、祛痰、散痰、止痛」之效。

蕕屬植物全世界約有十五種左右，中國境內也有十三種之多。本屬植物大多含有特殊氣味，除了蕕之外，北方常見的蒙蕕（*Caryopteris mongholica* Bunge）亦屬之。

【成語典故】

一薰一蕕

語出《左傳．僖公四年》：「一薰一蕕，十年尚猶有臭。」意謂香草與臭草混在一起，只聞其臭而不聞其香。比喻惡事常蓋過善事。

薰蕕異器

語出三國魏王肅《孔子家語．致思》：「回聞薰蕕不同器而藏，堯桀不共國而治，以其類異也。」意謂物以類聚，好人壞人不能共處。

【識別特徵】

常綠小灌木，高可達八十公分，莖四方形，幼枝有毛。葉對生，卵圓形至卵狀橢圓形，長一．五至九公分，寬一至四公分，先端漸尖，邊緣有粗鋸齒，背面灰白色，有黃色腺點。聚繖花序腋生；花冠淡藍色或淡紫色，五裂，二唇瓣；花萼五深裂；雄蕊四。果實上半部有毛。分布於華東、華中、西北及兩廣等地，生於山麓開闊地、路邊和荒草地。

藍

青出於藍。

蓼藍自古即為重要的藍色染料，可以提煉藍色染料的植物除了蓼藍之外，還有爵床科的馬藍〔*Strobilanthes cusia*（Nees）Kuntze〕、蝶形花科的木藍（*Indigofera tinctoria* L.）以及十字花科的菘藍（*Isatis tinctoria* L.）等。這些植物經過發酵、水解、氧化的過程，可以提取深藍色的染料，其主要成分是靛藍，簡稱「靛」，顏色則更勝於母色，所以才有「青出藍而勝於藍」的說法。

蓼藍在夏至前後，葉上開始呈現皺紋時收割，加水及石灰（比例為五十比一）浸在大缸內，數日後瀝去清水就成為「靛」，此過程稱為「打靛」。蓼藍莖葉切細，放入鍋內煮沸數百次，去渣盛汁於大缸內，用以漂染衣料，稱為「染藍」，是古代廣泛採用的紡織物染色方法。

《詩經．小雅．采綠》：「終朝采藍，不盈一襜；五日為期，六日不詹。」其中「藍」指蓼藍。十九世紀末，人工合成的靛藍開始上市，目前合成靛藍幾乎已完全取代天然靛藍。

今名：蓼藍
學名：*Polygonum tinctorium* Lour.
科別：蓼科

【成語典故】

青出於藍

語出《荀子．勸學》：「青，取之於藍，而青於藍。冰，水為之，而寒於水。」意謂從蓼藍提煉靛青，顏色卻比蓼藍更藍。比喻人經由學習可以增長才幹而超過本性；或比喻學生勝過老師或後人勝過前人。

【識別特徵】

一年生草本，莖直立，有分枝。葉卵形或闊橢圓形，長三至八公分，寬二至五公分，先端圓鈍，基部鈍，沿葉脈有短毛；全緣；乾葉深藍色。托葉鞘膜質，有長毛。花序穗狀；花淡紅色，密集，花被五深裂。瘦果卵形，有三稜，褐色有光澤，包於宿存花被內。分布於遼寧、河北、山東、山西、陝西、湖北、四川、兩廣、朝鮮半島及日本。

薺

甘心如薺。

薺菜被譽為「野菜中的珍品」，根據《群芳譜》及其他古籍記載，古人採集食用的薺菜應非一種，而是有「大小數種」。其中以稱為「小薺」的種類「花葉莖扁」，味道最好，最小者則稱為「沙薺」。至於「大薺」的種類，植株及葉形都較「小薺」為大，但味道較遜；還有一種「莖硬有毛者」，滋味更差。

今名：薺菜
學名：*Capsella bursa-pastoris*（L.）Medic.
科別：十字花科

薺菜、苦菜、野豌豆類及藜都是古代常見的蔬菜，由於古時農業以栽植穀類及桑麻等經濟植物為主，蔬菜的栽培較少，很多食用蔬菜均採自野生。其中風味較佳者才逐步在住家附近栽培。《淮南子》云：「薺冬生，中夏死」，《楚辭・離騷》則提到「故荼、薺不同畝兮」，表示春秋戰國時代薺菜已有大面積栽植。

古人占卜，也以薺菜為歲豐之兆，如師曠之占「歲欲豐，甘草先生。甘草，薺也。」若薺菜生長情形良好，表示當年會是個豐收的好年頭。薺菜到處可生，特別是稍潮濕的肥沃土壤最為常見，如白居易〈早春〉：「滿庭田地濕，薺葉生牆根」，在牆腳下都可發現，顯示其分布廣泛。薺葉也可醃製成鹹菜，嫩葉煮羹亦佳。

【成語典故】

甘心如薺

語出《詩經·邶風·谷風》：「誰謂荼苦，其甘如薺。宴爾新昏，如兄如弟。」原詩是諷刺夫婦失道，以新婚之樂對比於舊室的悲。連荼（苦菜）都味如甘甜的薺菜，可知棄婦心中之苦。後以「甘心如薺」比喻樂意做的事，雖然辛苦卻心甘情願。

【識別特徵】

一年或二年生草本，高十至五十公分；莖直立。基生葉呈蓮座狀，羽狀分裂，長可達十二公分，寬二至五公分，裂片三至八對；淺裂或不規則粗齒緣，或近全緣。莖生葉基部箭形，抱莖。總狀花序頂生或腋生；花瓣白色，有短爪。短角果倒三角形至倒心狀三角形，長〇·五至〇·八公分，寬〇·四至〇·七公分，扁壓。廣泛分布於歐洲、亞洲及非洲，台灣亦產。

藥

采蘭贈芍。

今名：芍藥
學名：*Paeonia lactiflora* Pall.
科別：毛茛科

中國古代的觀賞花卉，當以芍藥為盛，如《通志略》所說「芍藥著於三代之降，風雅所流詠」，處處有之，其中又以揚州地區的芍藥最佳，猶如牡丹以洛陽為貴。

芍藥初夏開花，花大而豔，自古即栽植於庭園中觀賞，深受歡迎。因此而培育出極多品種，《花鏡》中有八十八個品種，而據最新統計，中國境內約有四百多個品種。

芍藥的花色有紅、粉紅、白、紫等顏色，而以黃色者最為稀罕。牡丹稱「花王」，芍藥稱「花相」，均為花中貴裔，不論花形花色都以豔麗著稱，因此《長物志》特別提到「忌二者並列」。

芍藥根、莖、葉雖無香氣，但花有香味，因此與澤蘭一樣同被視為香草。至於芍藥名稱的由來，據李時珍的《本草綱目》說：「芍藥猶婥約也。婥約，美好貌，此草花容婥約，故以為名。」芍藥一名將離或可離，因此古人在離別時，常以芍藥相贈。男女間以芍藥贈別，尚有「結思情」之意，如《詩經・鄭風・溱洧》所述。

【成語典故】

采蘭贈芍

語出《詩經．鄭風．溱洧》：「維士與女，伊其相謔，贈之以勺藥。」比喻男女互贈禮物示愛。一作「芍藥之贈」。

【識別特徵】

多年生草本，高可達七十公分，根粗壯，全株光滑無毛。下部葉為二回三出複葉，上部則為三出葉，小葉狹卵形，兩面無毛。花數朵簇生於頂端或葉腋，有時為單花；花瓣九至十三枚，白色，栽培者花瓣顏色有多種；雄蕊多數，花藥黃色；心皮四至五，光滑。果為蓇葖果，頂端具喙，長二．五至三公分。分布於東北、華北各省及陝西、甘肅，朝鮮半島、日本、蒙古及西伯利亞亦產。

藜

蒸藜出妻。藜藿不采。

今名：藜
學名：*Chenopodium album* L.
科別：藜科

藜又名地膚、地葵或萊，俗名灰藋菜，自古即採集供菜蔬，為著名的野菜。由於藜「生不擇地」，所以到處可見。《本草綱目》說藜「莖有紫紅線稜，葉尖有刺，面青，背白」。春季時採食嫩葉，煮食蒸食均可，又可以煮羹，如司馬遷〈太史公自序〉所言：「糲粱之食，藜藿之羹。」

除了野生的藜外，也有在田畦間栽培者。清明前後，在苗高五、六寸時移栽，生長最為茂盛。目前仍有人採食之，全株均可食用，也可當作飼料。秋天開花，花細小成簇，中結黑色種子，收成蒸曝後取種仁，可炊飯或磨粉當成麵食，也是有名的救荒植物。《救荒本草》說：「結子成穗者味甘，散穗者微苦，生牆下樹下者不可用。」則毫無科學根據。

藜屬（*Chenopodium*）在中國境內約有二十種，種與種之間不易由形態明顯區分。「結子成穗」的藜有灰綠藜（*C. glaucum* L.）、紅葉藜（*C. rubrum* L.）等；果序鬆散者有菱葉藜（*C. bryoniaefolium* Bunge）等。古人可能將不同的藜屬植物鑑定成同一種。歷來的農書，藜均列為菜蔬類。

【成語典故】

蒸藜出妻

典出《孔子家語・七十二弟子解》記載曾參孝順，其妻拿沒煮熟的藜菜給後母吃，曾參知道後就休掉妻子，並終身不再娶。比喻人子克盡孝道。

藜藿不采

語出《漢書・蓋寬饒傳》「山有猛獸，藜藿為之不采」人民怕猛獸，所以不敢上山採野菜。比喻國家若有忠臣保衛，奸邪之徒就不敢興風作浪。

【識別特徵】

一年生草本，莖有稜及紫紅色條紋，多分枝。葉菱狀卵形至披針形，長三至六公分，寬二・五至五公分，先端急尖或鈍，基部楔形，葉背灰綠色，有粉粒。葉緣具不整齊鈍鋸齒，有時缺刻狀，葉柄細長。花簇生成圓錐花序，花序有白粉；花小，黃綠色。胞果為宿存花被所包，果皮薄。種子橫生，凸鏡形，徑〇・一公分。分布於歐洲、亞洲及其他舊世界，台灣全島荒廢地及開闊地均可見之，常成片生長。

蘭

吹氣如蘭。義結金蘭。遷蘭變鮑。芳蘭竟體。披榛採蘭。

今名：澤蘭
學名：*Eupatorium japonicum* Thunb.
科別：菊科

唐朝以前文獻中的「蘭」所指植物大多為澤蘭，比較少指蘭科植物（Orchidaceae）。澤蘭葉微香，「味辛而散」，可煎油並做浴湯。蘭也用以比喻君子或有才能者，屈原作品中，以蘭喻君子的文句幾乎隨處可見。《三國志・蜀書・周群傳》記載劉備心中記恨張裕經常出言不遜，於是將他逮捕下獄，準備處死，諸葛亮詢問何罪至死，劉備回說：「芳蘭生門，不得不鉏」。意思是說芳蘭的生長位置不當，必須鋤去。借喻張裕雖然有才，但品性不佳，只有忍痛除掉。

澤蘭為香草類，其香味在古時甚至被視為國香，宮殿、亭閣常用蘭為名，如楚襄王有「蘭台宮」，漢武帝有「猗蘭殿」，晉代王羲之有「蘭亭」。以蘭為名者多具正面意義，如形容居室高雅為「蘭室」，意氣相投的朋友為「蘭友」，心意相合的言論謂之「蘭言」，美好的姻緣則謂之「蘭姻」。

【成語典故】

吹氣如蘭

語出東漢郭憲《洞冥記》：「漢（武帝）所幸宮人，名麗娟，年十四，玉膚柔軟，吹氣勝蘭。」形容女子呼吸如澤蘭般芳香襲人。

義結金蘭

語出《易經・繫辭上》：「二人同心，其利斷金；同心之言，其臭如蘭。」意謂友情契合，交誼深厚，如金之堅定，如蘭之芬芳。引申為結拜兄弟。

遷蘭變鮑

語出《孔子家語・六本》：「與善人居，如入芝蘭之室，久而不聞其香，即與之化矣；與不善人居，如入鮑魚之肆，久而不聞其臭，亦與之化矣。」形容環境對人有潛移默化的影響。

芳蘭竟體

語出《南史・謝覽傳》：「覺此生芳蘭竟體，想謝莊政當如此。」比喻儀態高雅脫俗。

披榛採蘭

語出《晉書・皇甫謐傳》：「陛下披榛採蘭，並收蒿艾。」意謂撥開叢生的灌木去採摘芳蘭，比喻選取賢才。

【識別特徵】

多年生草本，高可達一至二公尺，莖上部被細柔毛。葉對生，橢圓形至長橢圓形，長五至二十公分，寬三至六公分，表面光滑，背面被柔毛，並有腺點；葉緣有深或淺之鋸齒。頭花集生成繖房狀；為管狀花，花五，均為兩性花。瘦果有腺點及柔毛。分布於東北、華北、華中、華南及西南各省之山坡草地或灌叢、水澤地和河岸水邊，朝鮮半島及日本亦產。

蓍

不待蓍龜。刈蓍亡簪。

今名：蓍草
學名：*Achillea alpina L.*
科別：菊科

古代常用蓍草及龜甲來占卜吉凶，凡遇懸而未決的重大事件，都用蓍龜決疑。《史記．龜策列傳》記載：「王者決諸疑，參以卜筮，斷以蓍龜，不易之道也。」因此漢武帝在出擊匈奴、大宛或南伐百越之前，都會先以蓍龜來卜問吉凶，再決定發動戰爭與否。

古人視蓍草為神草，其字從「耆」。耆者六十歲也，即孔子所說：「蓍之為言耆也，老人歷年多、更事久，事能盡知也。」意思是說老人閱世豐富，可以鑑往知來，判斷事物較為精確。所以古人採蓍草斷吉凶也講究「年齡」，植株愈老，占卜的結果愈可靠，即《博物志》所言「蓍一千年而三百莖，其本以老，故知吉凶。」

古人認為百年以上的蓍草，上有青雲遮覆，植株下則有千年神龜守護，《史記．龜策列傳》也說：「能得百莖蓍，並得其下龜以卜者，百言百當，足以決吉凶。」讓蓍草更蒙上一層神祕色彩。由於古人以蓍草占筮的風氣很盛，婦女常

於野外割取蓍草備用，也將蓍草編成髮簪。《韓詩外傳》記載孔子出遊時，見一婦人於澤中哭泣，遣弟子詢問原因。原來婦人在割取蓍草時不慎遺失了蓍簪，由於戀惜舊物而悲從中來。此即刈蓍亡簪的出處。

【成語典故】

不待蓍龜

語出《周易．繫辭上》：「探賾索隱，鉤深致遠，以定天下之吉凶，成天下之亹亹者，莫大乎蓍龜。」意謂不用占卜就可判定吉凶，比喻事態已經很明顯。

刈蓍亡簪

典出《韓詩外傳》：「弟子曰：『刈蓍薪而亡蓍簪，有何悲焉？』婦人曰：『非傷亡簪也，蓋不忘故也。』」意謂懷舊之情或比喻能勾起懷舊之情的事物。

【識別特徵】

多年生草本，莖直立，高可達八十公分，被柔毛。葉披針形，羽狀中裂至深裂，長六至十公分，寬〇．八至一．四公分，裂片條狀至條狀披針形，不規則齒裂或淺裂，頂端有骨質突尖，基部裂片抱莖，無柄。頭狀花序集生成繖房狀，徑〇．七至〇．九公分；外圍的舌狀花白色，六至八朵，頂部三小齒；中間為舌狀花，黃色，其餘為管狀花。瘦果具翅，無冠毛。分布於東北、華北、西北、內蒙古之山坡草地、林緣。朝鮮半島、日本及西伯利亞亦產。

藜

燃藜照讀。

今名：杖藜
學名：*Chenopodium giganteum* D.Don
科別：藜科

藜杖是用杖藜的老莖做的手杖，質輕而堅實。《晉書．山濤傳》：「魏帝嘗賜景帝春服，帝以賜濤。又以母老，並賜藜杖一枚。」「藜杖」有時是拐杖的代稱。「杖藜」原是植物名稱，「藜杖」是杖藜莖幹所製的手杖，但古人常以「杖藜」逕稱「藜杖」。如唐代杜甫〈暮歸〉：「年過半百不稱意，明日看雲還杖藜」，宋代蘇軾〈鷓鴣天〉：「村舍外，古城旁。杖藜徐步轉斜陽」，所言之「杖藜」即「藜杖」。

杖藜為藜類之大型植物，莖高可達三公尺。老莖可作手杖外，幼苗、嫩莖葉和花穗均可做蔬菜食用，可炒食或煮湯，亦可醃漬。將果實曬乾去殼後，可當糧食用。全草有利尿、解毒、消腫、止血、調

經之效，也是常用藥材。

【成語典故】

燃藜照讀

典出《三輔黃圖・閣》，記載漢代劉向勤學，埋頭書卷時，有神仙點亮青藜杖頭，教授古籍，最終劉向成為極有學問的人。

【識別特徵】

一年生大型草本。莖直立粗壯，基部直徑可達五公分，具條稜。幼時頂端嫩葉呈現紫紅色。葉菱形至卵形，長度可達二十公分，先端鈍，邊緣有不整齊之淺波狀鈍鋸齒。頂生大型圓錐花序；花被裂片五，綠色至暗紫紅色。胞果凸鏡形，果皮膜質。嫩苗可做蔬菜，種子可食。分布華南至東北，華東至西北，栽培或呈現野生狀態。世界各國亦普遍栽培。

黃連

啞子吃黃連。

今名：黃蓮
學名：*Coptis chinensis* Franch.
科別：毛茛科

黃連也是一種常用中藥，《神農本草》便有記載，列為上品，藥用部分為乾燥的根莖。因其根莖呈連珠狀而色黃，所以稱之為「黃連」。入口極苦，所以成語才會說：「啞巴吃黃連，有苦說不出。」味極苦，性寒，所以能「瀉心火」，治療心煩不眠、熱病心煩，並能清熱明目、增強胃腸功能，還有涼血解毒的作用。是中藥材中，常見且重要的藥材。黃蓮色黃的原因，主要是其中的小蘗鹼（Berberine）成分，並含有黃蓮鹼（Coptisine）、甲基黃蓮鹼（Worenine）等生物鹼。

黃蓮多係栽培，主產於四川、雲南、湖北。秋季採挖，乾燥，生用或清炒、薑炙、酒炙、吳茱萸水炒用。黃蓮有許多種，都當成黃蓮使用，常見的有三角葉黃蓮（*C. deltoidea* Cheng et Hsiao），藥材稱「稚蓮」；雲南黃蓮（*C. teetoides* Chong），藥材稱「雲蓮」，及其他各地的特產種，如峨嵋野連、短莖黃蓮等。其中分部最廣，產量最多者為黃蓮（*C. chinensis* Franch.）。

【成語典故】

啞子吃黃連

典出明朝伏雌教主《醋葫蘆・第三回》：「正是啞子吃黃連，苦在自肚裡，敢怒不敢言。」黃蓮全株具苦味，啞巴吃了，苦味只有自知，無法說出。

【識別特徵】

多年生草本，高十五至二十公分，根莖黃色，常有分枝。葉基生，卵狀三角形，三全裂；中間裂片具柄，羽狀深裂，邊緣具銳鋸齒；側生裂片，是不等之深裂，再做羽狀深裂；葉具長柄。花為三歧或多歧聚繖花序；花黃綠色，花瓣線形或線狀披針形，中央有蜜槽；雄蕊多數；心皮八至十二。蓇葖果具柄。多為栽培品，主產四川、湖北、陝西、甘肅等省。

芝麻

整簍灑油，滿地揀芝麻。

今名：胡麻
學名：*Sesamum indicum* L.
科別：胡麻科

芝麻，相傳是西漢張騫通西域時引進中國的。近代的考古發現說明雲貴高原可能也是芝麻的原產地之一。芝麻可既可食用又可作為油料，日常生活中，最常見的芝麻製品是芝麻醬和香油。

芝麻種子經炒製、磨碎即成芝麻醬；種子榨出之油即香油。芝麻油香氣撲鼻，含有大量人體必需的脂肪酸，亞油酸的含量高達百分之四十三點七。作為食品，芝麻的營養成份主要為脂肪、蛋白質、醣類，並含有豐富的膳食纖維、維生素B群、E與鎂、鉀、鋅及多種微量礦物質。

芝麻有黑白兩種，白色的種子含油量較高，食用以白芝麻為好，補益藥用則以黑芝麻為佳。根據《本草綱目》，芝麻味甘、性平，是屬於強壯滋養藥物。有潤膚、補血、明目、補益精血、潤燥滑腸、生津等作用。還可降低血糖，增加肝臟及肌糖元含量，也可降低血中膽固醇含量。適合因肝腎不足所致的脫髮、皮膚乾燥、便祕、病後體虛、眩暈等症的中老年人食

用，有抗衰老之功效。經常吃芝麻能使頭髮烏黑，即清朝黃宮繡《本草求真》所云：「補血、暖脾、耐飢……鬚髮不烏……」

【成語典故】

整簍灑油，滿地揀芝麻

典出《三俠五義‧第二回》：「李氏笑道：『你真是整簍灑油，滿地揀芝麻——大處不算小處算咧！』」芝麻是胡麻的別名，種子細小，用來指細微、小事。諷刺人疏忽大處，卻在小處精打細算。

【識別特徵】

一年生草本，莖直立，高可達一百五十公分；莖四方形，表面有縱溝。葉對生或互生，葉形上下不同：下部葉近長橢圓形；上部葉披針形。葉全緣，或有波狀鋸齒。花著生在葉腋；合瓣花，花冠唇形，下部筒狀，花白色，有時帶紫紅或黃色。每節生花三朵，一般左右兩朵為不孕性，僅中間一朵結果。蒴果成熟後，爆裂彈出種子，果四室。種子六十至八十粒，圓形至橢圓形，黑色、白色或褐色。

第六章　單子葉草本類

種子發芽時只有一片子葉者，稱為單子葉植物，以草本植物為主。單子葉植物的花瓣為三的倍數，多數種類葉片上的葉脈為平行脈，莖部維管束散亂不具形成層，所以很少會顯示出次生長。單子葉植物之中，有二十餘種出現在成語，包括常吃的穀類、蔬菜、香料、觀賞花卉等。

穀類有麥、粟、黍、稻、燕麥、薏苡等六種，其中成語數最多者為粟。粟即小米，有粱等不同品種，有十二條以上的成語和粟有關，例如「滄海一粟」、「黃粱一夢」、「膏粱子弟」等。黍和粟一樣，在稻、麥出現前都是古代重要的糧食作物，成語的引用數，比其他糧食作物為多，常用者有「殺雞為黍」、「黍離麥秀」等。

蔬菜、食品和香料植物有韭、荳蔻、薑、鬯（鬱金）、萱草、蔗、蕉（芭蕉）等，都是《詩經》、《楚辭》就已經出現的植物，多具有特殊典故及成語語句。例如萱草出自《詩經》的「萱草忘憂」，也有其他典籍的「蕉鹿之夢」、「荳蔻年華」等著名的典故成語。

其他古代常見的陸生植物芒、茅、莠、荻和水生植物萍、蒲、葭（蘆葦）等，都是分布遍及大江南北的草本植物，生態學上稱為「廣布種」。其中又以白茅、蘆葦等最為常見，衍生的成語數也比較多。例如，白茅相關的常用成語有「初出茅廬」、「茅塞頓開」等；和蘆葦相關的常用成語有「蒹葭秋水」、「蒹葭倚玉樹」等。其他蒲草的「蒲鞭示辱」，狗尾草的「不稂不莠」，荻的「畫荻學書」等，都是民眾耳熟能詳的植物成語。

芒

布衣芒屩。草菅人命。
華菅茅束。

今名：芒草
學名：*Miscanthus sinensis* Anders.
科別：禾本科

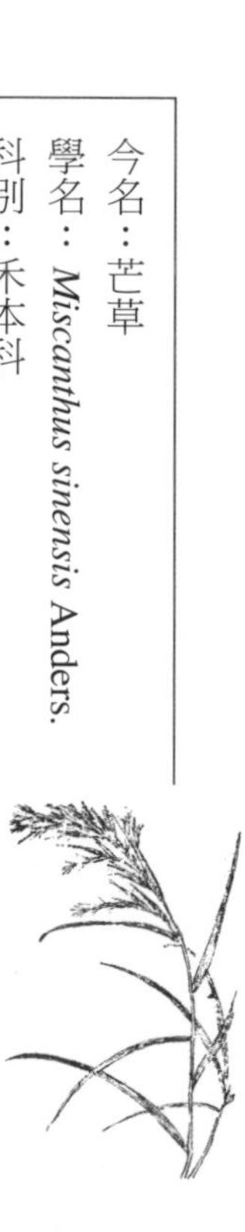

芒即芒草，又名菅、菅草。莖部發達，微木質化，古時以莖葉蓋屋（覆蓋屋頂或編葺為牆），近日鄉間還可見到以芒草為材料所建造的草屋，唯其耐腐性遜於白茅。較粗的芒草莖稈則充為籬笆及蔓藤類蔬果的籬架。另外莖稈浸泡清水之後，可製作繩索；生活貧苦的農村居民則用以製造鞋履，謂之「芒屩」，後世遂以布衣芒屩一詞指平民百姓。

秋季莖頂花序呈圓錐狀，小花極多，成熟時黃褐色。果極小，可隨風飄散，由於其適應環境範圍大，生長不擇土性，在開闊地、石縫及耕地到處繁生，成為惹人嫌惡的雜草，農民欲除之而後快，因此用草菅人命來形容輕視人命的行為。

芒草植叢形態優美，隨風擺動時更具美感，適當的栽植配置也可形成景觀植物。歐美各國常在庭院中栽植芒草，搭配喬木及綠茵草皮觀賞。

【成語典故】

布衣芒屩

語出元朝宮天挺雜劇《范張雞黍．第四折》：「多謝你荊州太守漢循良，舉薦我布衣芒屩到朝堂。」（屩音決，草鞋）意謂穿布衣、著草鞋，指一般平民百姓。

草菅人命

典出《漢書．賈誼傳》：「故胡亥今日即位而明日射人，忠諫者謂之誹謗，深計者謂之妖言，其視殺人若艾草菅然。」意謂視人命如野草一樣，任意殺害。

華菅茅束

典出《詩經．小雅．白華〉》：「白華菅兮，白茅束兮。之子之遠，俾我獨兮。」意謂夫妻離異。

【識別特徵】

多年生草本，稈高一至二公尺，常聚生成叢。葉線形，寬〇．六至一公分，長可達一公尺以上，葉緣有極細之硬鋸齒。圓錐花序頂生，扇形，主軸長度小於花序之半；穗軸不斷落，小穗成對，一長一短，各二小花，但僅一小花結實。芒自第二外稃伸出。廣泛分布於中國各地，由東北至海南均可見，是大陸上常見的多年生高大草本植物，日本亦產。

茅

初出茅廬。茅塞頓開。茅茨土階。
茅茨不翦。牽羊把茅。包茅不入。

白茅又名茅草或茅，初生之茅色白而柔軟，《詩經．衛風．碩人》用「手如柔荑」形容女子之纖纖玉手。其根狀莖甚長，強韌有節，謂之「茹」，因此俗稱「絲茅」。由於根節處會萌生新筍莖稈，因此拔掉一株時，常會同時拔除連根帶莖葉的大把茅草，因此《周易．泰》才有「拔茅茹，以其彙」的說法，而產生「拔茅連茹」（比喻氣味相投的一群人互相引薦）。

白茅分布範圍極廣，在亞洲尤其普遍，自古即用為覆蓋屋頂的材料。用茅草蓋成的房子稱為茅屋或茅廬，諸葛亮就曾隱居於臥龍崗上的茅廬中，因劉備三顧茅廬才下山輔佐。後世即以三顧茅廬形容求賢心切。

今名：白茅
學名：*Imperata cylindrica* Beauv.
科別：禾本科

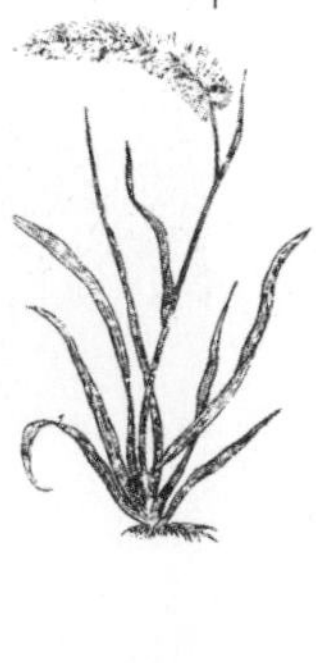

古代祭祀與行軍也會用到白茅，白茅「體順理直，柔而潔白」，供祭時會以白茅墊托或包裹祭品以示潔淨；而成束的白茅則用於「縮酒」（在茅束上倒酒，酒滲入表示神明已飲下）。

【成語典故】

初出茅廬

語出《三國演義．第三十九回》：「直須驚破曹公膽，初出茅廬第一功。」原意指諸葛亮大敗曹兵，立下首功。引申為初出社會，經驗不足。

茅塞頓開

語出《三國演義・第三十八回》：「先生之言，頓開茅塞，使備如撥雲霧而睹青天。」意謂受到啟發而使思路豁然開朗。

茅茨土階

語出明朝馮夢龍《東周列國志・第三回》：「昔堯舜在位，茅茨土階，禹居卑官，不以為陋。」意謂生活儉樸或貧困。

茅茨不翦

語出《韓非子・五蠹》：「堯之王天下也，茅茨不翦，采椽不斲。」意謂賢明君主自奉儉樸，不尚奢侈。

牽羊把茅

典出《史記・宋微子世家》：「周武王克殷，微子乃持其祭器造於軍門，肉袒面縛，左牽羊，右把茅，膝行而前以告。於是武王乃釋微子，復其位如故。」後以「牽羊」、「牽羊肉袒」、「牽羊把茅」表示降服或用為降服的典故。

包茅不入

典出《左傳》：「爾貢，包茅不入，王祭不共，無以縮酒，寡人是徵。」春秋時代齊桓公曾以楚國不向王室進貢包茅，使周天子無法縮酒祭神而舉兵伐楚。後世遂以包茅不入一詞當成興師問罪的藉口。

【識別特徵】

多年生草本，根狀莖發達，稈直立。葉鞘聚集於稈基，甚長。葉基生，線形，長約二十公分，寬約〇．八公分；葉舌膜質，長〇．二公分。圓錐花序頂生，緊縮呈穗狀，長二十公分，寬二．五公分；小穗長約五公分，基部有白色絲狀柔毛；穎片亦具長絲狀柔毛。雄蕊二，花藥長〇．三至〇．四公分；柱頭二，紫黑色，羽狀。穎果橢圓形，長約〇．一公分。產於全亞洲之暖帶及溫帶，並延伸至澳洲及非洲東部、南部，台灣低海拔開闊地帶極普遍。

今名：韭菜
學名：*Allium tuberosum* Rottl.
科別：百合科

韭

五丈灌韭。早韭晚菘。

韭菜是多年生宿根草本，不像其他蔬菜，必須每年或每季種植。北宋農民種韭菜「一歲而三四割之，其根不傷」，種一次可以維持很久，所以名之為「韭」（久）。俗諺也說：「韭者，懶人菜，以其不須歲植也。」

韭菜有強烈辛味，自古即為重要蔬菜，「可生、可熟、可醃、可久菜之」，近代還供作炸食。春天氣溫回暖，加上春雨霪霪，早春的韭菜最是鮮嫩可口。蘇東坡詩：「漸覺東風料峭寒，青蒿黃韭試春盤」，不僅顏色好看，味道想必也令人齒頰留香。正因為如此，古人春天祭祀才以韭菜為祭品，

如《詩經．豳風．七月》所云：「四之日其蚤，獻羔祭韭。」四之日指農曆二月，蚤同早，是古代一種祭祀的名稱，羔指羔羊，韭即韭菜。

有人嗜吃韭菜，但也有人討厭其辛辣味，《本草綱目》引陶弘景云：「此菜殊辛臭，雖煮食之，便出猶其薰灼，不如蔥，薤熟即無氣。」說韭菜的臭氣也會影響到排泄物的味道，所以為當時養生者及後來的素食者所忌。

【成語典故】

五丈灌韭

語出漢朝劉向《說苑．反質》提及有五丈夫負缶入井灌韭，終日只灌溉一區。鄧析教其在井上安裝一桔槔，則終日可灌溉百區而不倦。五丈夫卻說：「我非不知也，不欲為也。」用以諷刺故步自封、不知變通者。

早韭晚菘

語出《南史．周顒傳》：「文惠太子問顒，菜食何味最勝，顒曰：『春初早韭，秋末晚菘。』」「韭」指韭菜，「菘」指白菜，泛指應時蔬菜，一作「春韭秋菘」。

【另見】春韭秋菘

【識別特徵】

多年生草本，具橫生之根狀莖，鱗莖近圓柱形，簇生。葉線形，扁平，長十五至三十公分，寬〇・二至〇・八公分，背面有隆起的縱稜，中空。花莖圓柱形，高二十至六十公分，下有葉鞘。繖形花序著生於花莖頂端，近球形，總苞二裂，宿存；花梗為花被的二至四倍長；花白色，具紅色中脈，花被片六，長〇・五至〇・七公分。蒴果，果瓣近圓形。產於東北（黑龍江、吉林、遼寧）、華北（河北、山東、山西）、蒙古、陝西、寧夏、甘肅、青海和新疆等地。

莠

不稂不莠。良莠不齊。

今名：狗尾草
學名：*Setaria viridis*（L.）Beauv.
科別：禾本科

莠，音有，又讀又。狗尾草古稱莠，和小米為同屬但不同種的植物，幼苗、葉片及花穗都和小米類似。古人認為稂（即狼尾草，*Pennisetum alopecuroides*（L.）Spreng.）與莠都是開花而未成熟的小米長成的，即「莠出於粟秕」或「禾秀為穗而不成，蔪嶷然謂之童粱」，童粱即指狼尾草。狼尾草的穎果可以「作黍食之」，收成不足時，可採收為糧食。

狗尾草和同為禾本科的狼尾草在形態上也有相似之處，兩者花序均呈圓柱狀，但狼尾草葉形較長，花序較寬、較長，有經驗的農人很容易就可區分兩者。兩種草類都是農田中常見的雜草，會與作物競爭土壤的水分、養分和陽光，因此《爾雅翼》說：「莠者，害稼之草」、「稂，惡草也，與禾相雜」，孔子也說：「惡莠，恐其亂苗也」，農人必須「鋤田去之」。

《詩經》云：「無田甫田，維莠驕驕。」意思是說田地太大，人力若無法勝任耕除工作，狗尾草就會到處漫生，妨害作物生長。中國以農立國，對於狗尾草與狼尾草的憎惡之情，自然會反映在文學作品上，因此就產生「良莠不齊」及「不稂不莠」的成語，後者是說連狼尾草和狗尾草都不如的東西，當然是等而下之的種類，用以形容不成材的人非常貼切。

【成語典故】

不稂不莠

語出《詩經．小雅．大田》：「不稂不莠，去其螟螣。」意謂既不像稂又不似莠，比喻人不成材。

良莠不齊

語出清朝文康《兒女英雄傳．第四十回》：「無如眾生賢愚不等，也就如五穀良莠不齊。」意謂好壞都有，素質參差不齊。

【識別特徵】

狗尾草是一年生禾草，高可達九十公分。稈常生有支持根。葉線狀披針形，長四至三十公分，寬〇．五至二公分，邊緣粗糙。圓錐花序，花密集成圓柱狀，長五至十五公分；小穗二至數枚成簇生於分枝上，基部有一至六剛毛狀小枝，剛毛長〇．四至一公分，粗糙，綠色、黃褐到紫紅色。

成熟後，小穗與剛毛分離而脫落。穎果灰白色。全世界均有分布，生長於路邊、田園，是農田常見的雜草。

狼尾草則是多年生草本，高可達一百二十公分，稈直立，叢生。葉線形，先端長漸尖，基部生疣毛。圓錐花序直立，小穗緊密排成穗狀，呈圓筒形，主軸密生柔毛；不孕小枝剛毛狀，綠色或紫色；小穗通常單生，偶有雙生，線狀披針形。穎果長圓形。

荻

畫荻學書。萑苻之盜。燃荻夜讀。燥荻枯柴。

萑，音環。

荻又名菼或萑，葉可飼牛，莖稈供編製窗簾、門簾，謂之「荻簾」。荻普遍分布於大江南北，處處可見。孩童常摘取花莖（花序下方至莖節處）製作童玩。

今名：荻
學名：*Triarrhena sacchariflora*（Maxim）Nakai
科別：禾本科

北齊劉琦和宋朝大文豪歐陽修年幼家貧時，都曾經摘取荻莖作為助學工具。劉琦無力購買蠟燭，於是將荻枝折成一段一段燃點照明，即所謂燃荻夜讀；歐陽修則因無力購買紙筆，遂以荻稈在泥地上寫字，此所謂畫荻學書；《南史．隱逸傳》也記載陶弘景「年四、五歲，恆以荻為筆，畫灰中學書。」情形與歐陽修幼年故事雷同，這些典故均是後世學子刻苦向學的榜樣。

荻芽（初生之筍）幼嫩可食，歐陽修《六一詩話》記載：「南人多以河豚魚白與荻芽為羹」。圓錐花序於春末在莖頂抽出，秋季結實極為壯觀。唐朝鄭德璘〈弔江姝〉「洞庭風軟荻花秋」和白居易〈琵琶行〉：「潯陽江頭夜送客，楓葉荻花秋瑟瑟」，所描述的就是荻花所點綴的秋天景色。荻乾枯的枝葉是引燃材料，燥荻枯柴引火可以成災，甚至還左右戰爭成敗，如赤壁之戰。

【成語典故】

畫荻學書

典出《宋史·歐陽修傳》記載歐陽修四歲喪父，家貧，其母鄭氏親自授讀，以荻稈畫地習字。用以稱譽母親教子有方。

萑苻之盜

語出《左傳·昭公二十年》：「鄭國多盜，取人於萑苻之澤。」泛指盜賊。

燃荻夜讀

典出北齊顏之推《顏氏家訓》：「梁世彭城劉綺……早孤家貧，燈燭難辦，常買荻尺寸折之，燃明夜讀。」意謂刻苦求學。

燥荻枯柴

典出《資治通鑑·漢紀》，記載三國時，黃蓋以戰船滿載乾荻枯材，灌油燃燒，在赤壁大破曹操軍隊。泛指易燃之物。

【識別特徵】

多年生禾草，稈直立，高一·五公尺，徑〇·五公分，節生柔毛。葉扁平，寬線形，長二十至五十公分，寬〇·五至一·五公分；葉緣細鋸齒狀。葉鞘無毛，葉舌短，具纖毛。圓錐花序，舒展成繖房狀；小穗線狀披針形，長〇．五公分，成熟後褐色，基部有絲狀長毛。穎果長圓形，長〇．一公分。產於東北各省、河北、山東、甘肅、陝西等省之山坡地、平原、丘陵地、河岸濕地，日本、朝鮮半島及西伯利亞亦產。

麥

苑中種麥。麥舟之贈。麥秀黍離。麥飯豆羹。未辨菽麥。麥穗兩歧。

今名：小麥
學名：*Triticum aestivum* L.
科別：禾本科

「麥」原兼指大麥和小麥。在小麥傳入中土之前，中國古代所栽植的麥是指大麥（裸麥）。《說文解字注》云：「麥，芒穀，有芒束之穀。……秋穜厚薶，故謂之麥。」

小麥的原產地大概在肥沃月灣，約在七千年前傳到印度及歐洲各地。小麥適合在溫寒帶地區栽培，栽植面積和產量居世界禾穀類之首位。

小麥引進中土的時代已不可考，一說遲至春秋中葉的周代，已經有小麥栽培；一說在西漢中葉，張騫通西域後才引進。很多學者（尤其是日本學者）則認為小麥和粉食技術在西元前一和二世紀之間才引進中國。

「麥」類後來也成為中國的重要穀類，《前漢書．食貨志》引董仲舒的話說：「《春秋》它穀不書，至麥禾不成則書之。」意思是說《春秋》一書只在麥和禾收成不好時

才特別記載，可見五穀中聖人首重麥和小米。

【成語典故】

苑中種麥

典出《舊唐書．玄宗紀上》，記載玄宗於禁苑種麥，並率皇太子以下親自收穫。意謂皇帝親耕。

麥舟之贈

語出宋朝釋惠洪《冷齋夜話》：「范文正公在睢陽，遣子堯夫於姑蘇取麥五百斛……舟次丹陽，見石曼卿……曰：『三喪在淺土，欲喪之西北皈，無可與謀者。』堯夫以所載舟付之。」意謂助人喪葬之費用。

麥秀黍離

典出《詩經．王風．黍離》：「彼黍離離，彼稷之苗。」及漢朝司馬遷《史記》〈宋微子世家〉：「麥秀漸漸兮，禾黍油油。」意謂麥與小米均已成熟，為哀傷亡國之辭。

麥飯豆羹

典出西漢史游〈急就篇〉：「餅餌麥飯甘豆羹」。意謂飯菜粗糙，為自謙之辭。

未辨菽麥

典出《左傳．成公十八年》：「周子有兄而無慧，不能辨菽麥，故不可立。」分不清何者是豆子，何者是麥子。形容愚笨無知。

麥穗兩歧

語出東漢漁陽百姓讚美太守張堪之歌謠：「桑無附枝，麥穗兩歧。張君為政，樂不可支。」意謂豐收，並喻勤政親民。

【識別特徵】

一年或越年生草本，稈直立，叢生，高六十至一百公分。葉長披針形，葉舌長約〇・一公分。葉鞘鬆弛包莖。穗狀花序直立，長五至十公分，寬一至一・五公分；小穗通常單生於穗軸節，各有三至九小花，上部者不發育。穎革質，卵圓形，背部具一至二稜，長〇・六至〇・八公分，先端有時延伸為苞；外稃具芒或不具芒，穎果卵圓形至長圓形。目前世界主要的小麥產地，大約在北緯三十度至六十度及南緯二十七度至四十度左右的地帶。

荳蔻

荳蔻年華。

荳蔻又作豆蔻，原產於「迦古羅國」，當時稱為「多骨」，中文譯音為荳蔻。荳蔻的莖、葉、種子都有香味，古時多取用為香料來調理食物；此外，口含荳蔻（子），也有去除口臭的功效；中國南方的少數民族則用荳蔻來袪除蠱毒。古代由北方南下西南的中原人士，身上也會佩帶荳蔻以備不時之需。

今名：荳蔻
學名：*Alpinia galanga*（L.）Willd.
科別：薑科

荳蔻花序初生，含苞待放時稱為「含胎花」，意思是花形猶如「初孕的少婦」，形味均香嫩可愛。當地人採收含胎花當作

果品，首先用鹽水醃漬，再浸入甜糟中；有時則和木槿花同浸，經冬後呈琥珀色，是烹調食物用的「膾醋」。《桂海虞衡志》說：荳蔻「春未發，初開花，先抽一幹，有大籜包之，籜解花現，一穗數十蕊，詞人托興曰比目連理云」。如梁簡文帝〈雜題〉：「別觀葡萄帶寶垂，江南荳蔻生連枝。」

唐朝詩人杜牧用二月初開的荳蔻花來比喻少女體態之嬌小可愛，以及容貌之清麗，讓世故俗豔的揚州歌妓相形失色，自歎不如。後人遂以荳蔻年華來比喻女子正值妙齡之年。

【成語典故】

荳蔻年華

語出唐朝杜牧〈贈別〉：「娉娉嫋嫋十三餘，荳蔻梢頭二月初。春風十里揚州路，捲上珠簾總不如。」比喻妙齡少女。

【識別特徵】

多年生草本，莖叢生，植株高可達三公尺。葉片長圓形至披針形，長可達三十至三十五公分，寬六至十公分，先端尾尖，近無柄；葉舌近圓形，長約〇．五公分。圓錐花序頂生，密生多花，長二十至三十公分，密被覆瓦狀排列的苞片；花冠裂片白色，有強烈味道。蒴果長圓形，徑一至一．五公分，成熟時為棕紅色或棗紅色。產於兩廣、雲南等地之森林中。

粟

大倉一粟。滄海一粟。黃粱一夢。
膏粱子弟。尺布斗粟。寸絲半粟。
布帛菽粟。毛髮絲粟。公田種秫。

粟古名為穀或禾，是黃帝躬耕儀式所用的五穀之一。粟脫殼後稱為小米，又因品種不同而名稱各異，李時珍《本草綱目》說：花穗大、毛長，且米粒粗者為「粱」；花穗小，毛短，且米粒較細者為「粟」。此外，米粒較黏者則稱為「秫」（又稱糯粟），多用於釀酒，如陶潛詩「舂秫作美酒，酒熟吾自斟」。

周代以粟為主食，目前粟仍是北方僅次於稻、麥的主要糧食作物。粟也是財富的象徵，古代的俸祿、罰款均用粟，「伯夷義不食周粟」意謂不要周朝的俸祿。《周禮．地官》云：「凡田不耕者，出屋粟。」意思是說有田不種者要罰交粟稅。小米耐貯藏，生長季節短，耐乾旱環境，極適合在中國北方及台灣山區栽植，為最佳的備荒糧食。

今名：小米
學名：*Setaria italica*（L.）Beauv.
科別：禾本科

【成語典故】

大倉一粟

出自《莊子．秋水》：「計中國之在海內，不似稊米之在太倉乎？」大倉：古代設在京城中的大穀倉。大糧倉中的一粒小米，比喻極大的數量中一個非常小的數目。又作「大倉稊米」。

滄海一粟

語出宋朝蘇軾〈前赤壁賦〉：「寄蜉蝣於天地，渺滄海之一粟。」意謂十分渺小。

黃粱一夢

典出唐朝沈既濟《枕中記》記載唐時盧生於邯鄲旅店遇道士呂翁，自歎窮困，呂翁取出一枕，云：「枕此入

睡，當使你子孫如意。」當時店家正蒸煮黃粱。盧生在睡夢中享盡榮華富貴，官至節度使，年過八十而逝。一夢醒來，黃粱猶未熟。盧生歎曰：「豈是一夢而已？」呂翁笑道：「人世之事皆如此。」意謂人生無常，富貴榮華轉眼成空。

膏粱子弟

語出宋朝司馬光《資治通鑑．齊紀》：「未審上古以來，張官列位，為膏粱子弟乎？為致治乎？」意謂過慣驕奢生活的富貴子弟。

尺布斗粟

典出《史記．淮南衡山列傳》：「一尺布，尚可縫；一斗粟，尚可舂；兄弟二人不能相容。」比喻兄弟間因利害衝突而不和。

寸絲半粟

出自清朝吳敬梓《儒林外史．第四回》：「在鄉里

之間，從不曉得占人寸絲半粟的便宜，所以歷來的父母官，都蒙相愛。」比喻極微小的東西。

布帛菽粟

出自《宋史．程頤傳》：「其言之旨，若布帛菽粟然，知德者尤尊崇之。」帛指絲織品；菽指豆類；粟是小米，泛指糧食，指生活必需品。比喻極平常而又不可缺少的東西。

毛髮絲粟

語出北宋蘇洵〈上歐陽內翰書〉：「毛髮絲粟之才，紛紛然而起。」意謂極其微小。

公田種秫

語出南朝蕭統《文選．陶淵明傳》：「為彭澤令。……公田悉令吏種秫。」意謂人好飲酒，超塵免俗。

【另見】雁謀稻粱

【識別特徵】

一年生草本，鬚根粗大。葉鞘邊緣具纖毛，葉線狀披針形，長十至四十五公分，寬〇．五至三公分，表面粗糙。花序柱形圓錐狀，長十至四十公分；小穗長約〇．三公分，簇生於縮短之花軸分枝上，基部有剛毛狀分枝一至三，成熟時分離脫落。分布於歐亞大陸，黃河中上游為主要栽培區，為北方重要的糧食作物。世界乾旱地區均廣為栽植。

萍

萍水相逢。萍蹤浪跡。萍飄蓬轉。楚江萍實。

靜止的水塘中常有成片浮萍生長。《說文解字注》云「萍也，無根浮水而生者」，其實浮萍並非無根，而是每一植物體僅具一懸浮水中的細根，葉狀體漂浮在水上，可以隨波逐流，才會產生萍無根的印象。古人以浮萍隨水漂流的特性，來比喻飄泊不定、無法自主的生活與心境，如唐朝李頎〈贈張旭〉詩云「問家何所有，生事如浮萍」。

由於「季春三月萍始生」，因此農曆三月以前水面上均看不到浮萍。等到穀雨以後，凡是積水處，都能見到浮萍生長。浮萍的生長速度很快，植物體可向四面八方生出營養芽，利用無性繁殖的方式衍生無數個體，在短時間內覆蓋及占領整個水塘，因此古人以「一夕生九子」來形容浮萍驚人的繁殖速度。古人相信浮萍是「楊花入水而生」，有詩云：「始因飛絮逐東風，汎梗青青飄水面」，即是一例。

浮萍味辛寒，曬乾為末，可驅除蚊蟲。浮萍有大小兩種，小者表面背面均為綠色，稱為青萍，較為常見；大者表面

今名：浮萍
學名：*Lemna minor* L.
科別：浮萍科

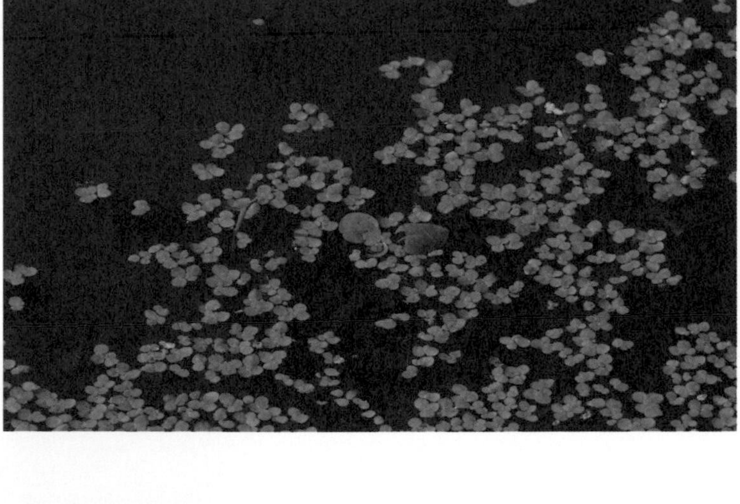

綠色，背面紫色，稱為紫萍或紫背浮萍〔*Spirodela polyrrhiza*（L.）Schleid〕。

【成語典故】

萍水相逢

語出唐朝王勃〈滕王閣序〉：「萍水相逢，盡是他鄉之客。」意謂素不相識的人偶然相遇。

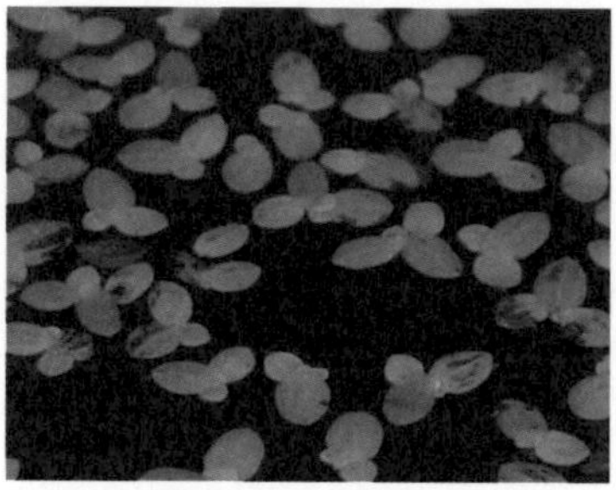

萍蹤浪跡

語出元朝王子一《誤入桃源》：「似恁般妄作胡為，敢欺侮咱萍蹤浪跡。」意謂像浮萍、水波般行蹤不定。

萍飄蓬轉

語出清朝紀昀《閱微草堂筆記》：「甚或金盡裘敝，恥還鄉里，萍飄蓬轉，不通音問者，亦往往有之。」意謂飄泊不定、四處流浪的生活。

楚江萍實

典出西漢劉向《說苑．辨物》：「楚昭王渡江，有物大如斗，直觸王舟，止於舟中；昭王大怪之，使聘問孔子。孔子曰：『此名萍實。』令剖而食之：『惟霸者能獲之，此吉祥也。』」指建立功業的吉兆，也用以指美味的果實。

【識別特徵】

小型多年生浮水植物，新芽成熟時即脫離母株。每一植物體獨立或數個聚集，僅具一纖細根，長三至四公分。葉狀體扁平，對生，兩面綠色，具一至五脈，圓形至橢圓倒卵形，長〇．一五至〇．四公分，兩側具囊，囊內生營養芽和花。花單性，雌雄同株，佛燄苞膜質，生於葉狀體邊緣開裂處，每花序雄花二，雌花一；雄蕊花絲細；子房一室，胚珠一至六。果實卵形。產於全大陸之池沼及湖泊中。

黍

黍離麥秀。殺雞爲黍。殺雞炊黍。
雞黍深盟。范張雞黍。故宮禾黍。

今名：黍
學名：*Panicum miliaceum* L.
科別：禾本科

根據出土文物顯示，歐洲、埃及和亞洲各地，在史前時代已栽培黍類。黍是最古老的糧食作物之一，原產地大概是埃及或阿拉伯。黍和粟都是耐旱植物，適合在乾旱地區生長。自殷周以來，黍一直是黃河流域及河域以北黃土高原地區的主要秋收作物，在唐宋時代之前都是中國人的主食。

經過數千年的培育，黍已分化出許多不同品種：米粒較黏（即糯性）者稱為黍，成熟時果穗下垂；可供祭祀的黍稱為粢，米粒不黏，成熟時果穗向四面張開。此外，又有稱為秬的黑黍，專門釀酒供祭祀用。綜合上述，可以得知米粒不黏的粢可供食用；而米粒較黏的黍、秬則多作為釀酒之用。

《禮記．曲禮》云：「祭宗廟之禮，黍曰薌合。」黍是祭祀祖先和神明的上等祭品，孔子於祭祀後，先食黍以示黍為「五穀之先」。由此可知黍在古代社會中的重要性。

【成語典故】

黍離麥秀

語出《詩經．王風．黍離》：「彼黍離離，彼稷之苗。行邁靡靡，中心搖搖。」意謂見到黍麥成熟而傷悲，為哀傷亡國之辭。一作黍油麥秀或黍離之悲。

殺雞爲黍

語出《論語．微子》：「止子路宿，殺雞為黍而食之。」意謂準備家常飯待客，後引申為盛情待客。

殺雞炊黍

語出《三國志．魏書．田豫傳》：「豫為殺雞炊黍，送詣至陌頭。」殺雞作黍飯，指盛情款待賓客。

雞黍深盟

語出元朝宮天挺《生死交范張雞黍．第四折》：「因此乞天恩先到泉台上，才留的這雞黍深盟與那後人講。」意謂朋友之間交情深厚。雞黍指待客的飯菜。

范張雞黍

典出《後漢書．范式傳》，「范」指范式；「張」指張劭。范式、張劭一起喝酒食雞。比喻朋友之間有情有義。

故宮禾黍

出自《詩經．王風．黍離》序：「周大夫行役，至於宗周，過故宗廟宮室，盡為禾黍，閔周室之顛覆。」比喻懷念祖國的情思。一作故宮離黍。

【識別特徵】

一年生草本，高可達一公尺，節上密生髭毛。葉狹披針形，長十至三十公分，寬一．五公分，先端尖銳，兩面光滑且具長柔毛。圓錐花序頂生，稍開展，細長下垂，長十至三十公分，分枝極多；小穗長〇．四至〇．五公分，各二小花，僅第二小花結實；穎一一脈，外稃一三脈。穎果球形，成熟後依品種而有黃、乳白、褐、紅及黑等色。原產於亞洲北部（包括華北平原），新疆亦有野生者。歐、美、非洲之溫暖地區均有栽培。

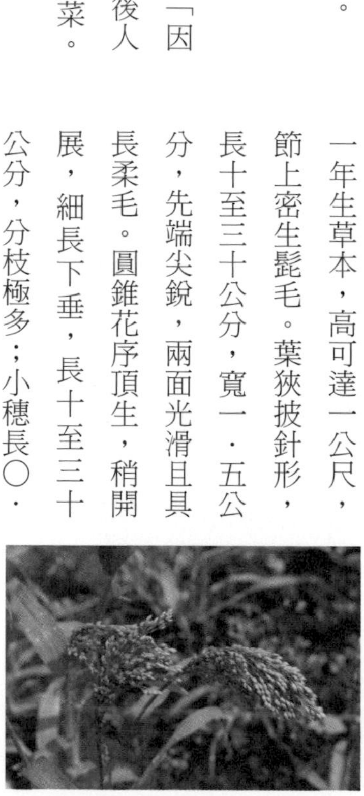

萱

萱花椿樹。萱草忘憂。

萱草有多種不同稱呼，《詩經》中稱為「諼草」，《說文》稱為「忘憂草」，《本草綱目》則稱為「療愁」或「丹棘」，名稱雖異但都認為此草可以「利心志」，令人「好歡樂」。因此晉朝崔豹《古今注》說：「欲忘人之憂，則贈以丹棘」，〈奉和南海王殿下詠秋胡妻〉詩也說：「思君如萱草，一見乃忘憂」。

由於萱草有忘憂涵義，古人也時興在庭院中栽植萱草。唐朝韋應物詩云：「何人樹萱草，對此郎齋幽。本是忘憂物，今夕重生憂。」；南宋王十朋詩「有客看萱草，終身悔遠遊。向人空自綠，無復解忘憂。」《太平御覽》引《風土記》則說已婚婦女佩帶萱草花，可以如願產下男孩，因此稱萱草為「宜男草」。曹植〈宜男花頌〉也提到類似的習俗。

今名：萱草
學名：*Hemerocallis flava L.*
科別：百合科

萱草抗寒耐旱，適應性強，到處可種，自古即有「種萱不種蘭」的說法。古人稱道萱草「體柔性剛，蕙潔蘭芳，華而不豔，雅而不質」，用「葉濯宿露翠，花迎朝日黃」來歌頌萱草。

【成語典故】

萱花椿樹

語出明朝湯顯祖《牡丹亭・訓女》：「祝萱花椿樹，雖則是子生遲暮，守得見這蟠桃熟。」意指父母雙親（萱花指母親，椿樹指父親）。

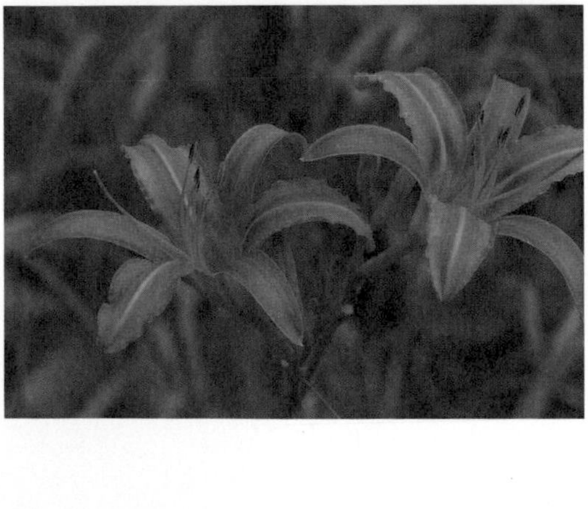

萱草忘憂

典出《詩經．衛風．伯兮》：「焉得諼草？言樹之背。願言思伯，使我心痗。」形容心中有所寄託可以排解憂愁，大多以喻子能慰母。

【另見】 椿庭萱堂、椿萱並茂

【識別特徵】

多年生宿根草本，根近肉質，中下部紡錘狀膨大。葉基生，排成二列，帶狀。花序由葉叢中抽出，頂端簇狀或假二歧狀圓錐花序；花漏斗狀，花被裂片六，內側裂片綴有彩斑，橘紅色至橘黃色，早上開花晚上凋謝；雄蕊六。蒴果倒卵形至鈍菱狀橢圓形。原產於秦嶺以南各省，由於長期栽培，目前萱草的類型或變種很多。

蒲

蒲牒寫書。芭苴竿櫝。

香蒲又名香茅、苻蘺。古籍提及的「蒲」有人鑑識為菖蒲（*Acorus Calamus* L.）者。蒲被稱為「草之美者」，祭祀時用以縮酒（灑酒在蒲束上，酒滲入表示神明已飲下），古人並用來辟邪。至於安車蒲輪、編蒲學書或製作蒲扇、蒲席的「蒲」，指的應該是蒲草或藨草（*Scirpus triqueter* L.）。

今名：香蒲
學名：*Typha latifolia* L.
科別：香蒲科

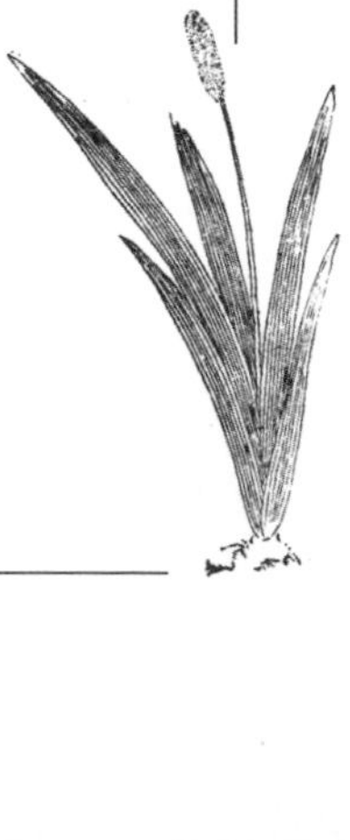

香蒲及菖蒲生於水澤，農曆二、三月生新芽，如白居易〈續古詩十首〉之九：「澹澹春水暖，東風生綠蒲。」新筍紅白色，味道甘脆可生食，也可醃製或以酒浸漬供食用。六、七月時，蒲葉成熟，蒲花盛開，正是蒲草類最旺季、最具觀賞價值的季節。

【成語典故】

蒲牒寫書

典出《漢書．路溫舒傳》：「使溫舒牧羊，溫舒取澤中蒲，截以為牒，編用寫書。」用蒲草結成簡札，以便抄書寫字，比喻刻苦向學。

苞苴竿牘

典出《莊子．列禦寇》：「小夫之知，不離苞苴竿牘。」「苞苴」是指內包禮物的蒲包，「竿牘」為書信。古代用香蒲包裹禮物贈人，全句是說蒲包中夾帶書信，有請託行賄之意。

【識別特徵】

多年生水澤草本，地下莖白色，粗壯，有節。

葉基部有長鞘包圍莖部，葉片帶狀，長三十至五十公分，寬一至一．五公分，平滑柔軟，兩面中肋處稍凸起。圓柱形之穗狀花序；花極小，單性，無花被；雌雄花緊密相連接，雄花在上，雌花在下；雄花部分基部具葉狀苞片，雄蕊二至四枚；花粉合成四合體；雌花部分圓柱狀，具白毛，不孕雌蕊棍棒狀。分布於東北、華北、華中及華南各省。

蒲草

安車蒲輪。蒲鞭示辱。伏蒲。

管寧割席。

今名：藨草
學名：*Scirpus triqueter* L.
科別：莎草科

莎草科中供編席的植物很多。除藨草外，還有龍鬚草、水毛花、螢藺、荊三棱等。藨草生於河邊、溪塘邊、沼澤地及低窪潮濕處，成片出現藨草草占優勢的群落。除廣東、海南外，中國各地區均有分布；俄羅斯、歐洲和印度、朝鮮、日本等國也有。藨草是織席、編帽子、編坐墊和造紙的原料。

藨草挺拔直立，色澤光雅潔淨，可作為觀賞植物使用。栽植於水塘周圍或溪流岸邊、沼澤地，極具水域綠化效果，也可盆栽庭院擺放或沉入小水景中做點綴景觀之用。

全草入藥，主治食積氣滯、呃逆飽脹等症；稈可代替細麻繩包紮東西。蓮座狀葉叢欖綠色。《新華本草綱要》：具有健胃的功效。用於食積氣滯、呃逆飽脹。孕婦及體虛者勿用。

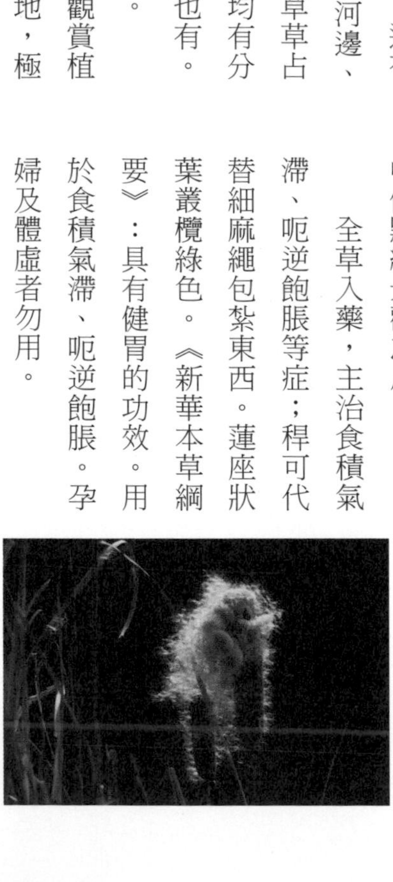

【成語典故】

安車蒲輪

典出《漢書．武帝紀》：「議立明堂，遣使者安車蒲輪，束帛加璧，徵魯申公。」意謂用蒲草包裹車輪，使車子行走時減少震動，表示禮敬年老的賢者。後用以指禮賢下士。

蒲鞭示辱

典出《後漢書．劉寬傳》：「吏人有過，但用蒲鞭罰之，示辱而已，終不加苦。」比喻為官者仁厚愛民，以感化服人。一作蒲鞭之政。

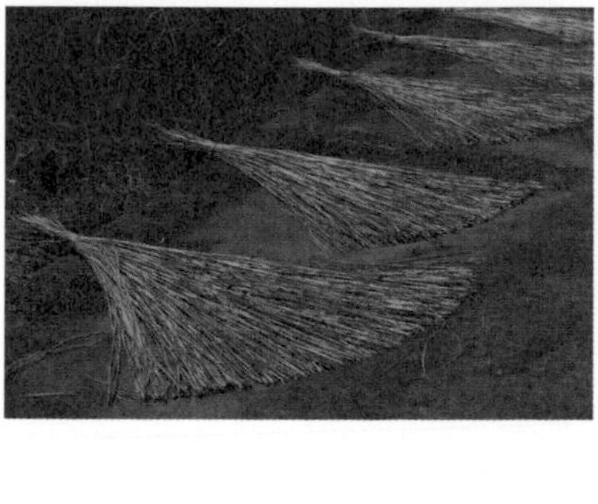

伏蒲

典出《漢書．史丹傳》：漢元帝欲廢太子，史丹候帝獨寢時，直入臥室，伏青蒲上泣諫。後因以「伏蒲」為犯顏直諫的典故。

管寧割席

南朝宋劉義慶《世說新語．德行》記載華歆讀書不專心，管寧便割開與之合坐的席子，表示對華歆的失望。比喻朋友間一刀兩斷，中止交往。

【識別特徵】

匍匐根狀莖長，乾時呈紅棕色。稈散生，粗壯，高二十至九十公分，三稜形，基部具二至三個鞘，鞘膜質，最上一個鞘頂端具葉片。葉片扁平，長一．五至五公分，苞片一枚，三稜形。聚繖花序假側生，小穗一至八個簇生；鱗片長圓形、橢圓形或寬卵形，膜質，黃棕色，背面具一條中肋；雄蕊三，花藥線形，藥隔暗褐色，稍突出；花柱短，柱頭二，細長。小堅果倒卵形，長〇．二至〇．三公分，成熟時褐色，具光澤。

葭

一葦可航。葦苕繫卵。葭莩之親。蒹葭秋水。蒹葭倚玉樹。乍入蘆圩，不知深淺。

大江南北、塞外關內，凡濕地沼澤均可見到蘆葦生長。《本草綱目》並區分初生的蘆葦為「葭」，開花前為「蘆」，花後結實為「葦」。蘆稈堅韌，其中莖細者可供編簾之用，莖粗者剖開成半後可織席，還可用來編製渡河用的船舟，此即《詩經》所說的「一葦杭（航）之」。

今名：蘆葦
學名：*Phragmites communis*（L.）Trin.
科別：禾本科

蘆葦的用途相當多，除了是編製材料外，蘆芽（筍）可當菜蔬，枝葉可用以飼牛、編籬或充為屋頂。《淮南子．覽冥》還記載女媧「積蘆灰以止滔水」，後世遂以「蘆灰」為治水之意。古人也用蘆葦來驅鬼辟邪，《後漢書》引《山海經》：「晝鬱櫑持葦索，以御兇鬼。」神荼與鬱壘是中國最早的一對門神，據說可用蘆葦編成的長索拘拿惡鬼，因此民間俗信在家門上懸掛葦索有鎮宅作用。

曬乾的蘆葦枝葉是相當易燃的燃料，《史記．田單列傳》中記載田單以火牛陣完成復國使命，當時牛尾所繫者就是蘆葦。後世於是用田單火牛一詞來稱頌善用奇計而建樹大功者。

【成語典故】

一葦可航

語出《詩經．衛風．河廣》：「誰謂河廣？一葦杭之。」比喻只需微薄之力，就可將事情解決。

葦苕繫卵

語出《荀子．勸學篇》：「南方有鳥焉。名曰蒙鳩，以羽為巢而編之以髮，繫之葦苕，風至苕折，卵破子死，巢非不完也，所繫者然也。」意謂身處險境而不自知。

葭莩之親

語出《漢書．中山靖王傳》：「今群臣非有葭莩之親，鴻毛之重。」比喻關係較遠的親戚，也用作親戚的代稱。一作葭莩之末。

蒹葭秋水

語出《詩經．秦風．蒹葭》：「蒹葭蒼蒼，白露為霜。所謂伊人，在水一方。」為懷念朋友之客套用語；舊注為念友之詩。

蒹葭倚玉樹

語出《世說新語》：「魏明帝使后弟毛曾與夏侯玄並坐，時人謂蒹葭倚玉樹。」以蘆葦與槐樹比喻一醜一美不能相比，或指身分懸殊，也可用於與他人共事之謙詞。

乍入蘆圩，不知深淺

語出明朝吳承恩《西遊記．第三十二回》：「假若不與他實說，夢著頭，帶著他走，常言道：『乍入蘆圩，不知深淺。』」比喻新來乍到不熟悉情況，行動要謹慎。

【識別特徵】

多年生高大禾草，稈高可達三公尺，莖中空；莖稈下具粗壯根狀莖，能在污泥中四處延伸。葉片寬一至三公分，線形；葉舌長〇．一公分，有緣毛。大型圓錐花序，長可達四十公分；小穗通常具三小花，長約一．四公分，第一小花常為雄花，其餘兩小花為雌花；穎及外稃均有三脈，基盤有長絲狀毛。廣泛分布於北半球，亦自生於台灣，通常生長在沼澤地、水池邊及河岸旁。

稻

雁謀稻粱。伏波聚米。索米長安。
麻姑擲米。數米而炊。

今名：稻
學名：*Oryza sativa L.*
科別：禾本科

稻的栽培歷史超過七千年，世界以稻米為主食的民族主要位於亞洲東南部，包括日本、中國南方及中南半島等地。中國人食稻的歷史相當悠久，「仰韶文化」遺址所出土的彩陶片已發現有稻穀的痕跡。周朝彝器的銘文中，寫有「稻」字；《詩經．小雅．甫田》及〈周頌．豐年〉諸篇中也提到稻，證明最遲於詩經時代，黃河流域已有稻米栽培。不過由於產量不多，在當時的華北地區只有王公貴族才能享用。

古代所謂的五穀指的是黍、稷、稻、粱及麥，其中飯用的穀類有黍、稷、稻及粱四種。根據《禮記．內則》所載，五穀之中最受重視、價值最高者為稻和粱，其次才是黍和稷。祭祀時也以稻為「嘉蔬」，地位最為崇高，鄭玄注疏《儀禮．聘禮》道：「凡酒，稻為上，黍次之。」可知稻米也是上選的釀酒材料；相對來說，黍和稷則屬於比較粗俗的糧食，所以古人所說的「飯疏食」，一般都指以黍或稷煮成的飯。

【成語典故】

雁謀稻粱

語出唐朝杜甫〈同諸公登慈恩寺塔〉：「黃鵠去不息，哀鳴何所投？君看隨陽雁，各有稻粱謀。」原指禽鳥覓食，後比喻為謀求生計。

伏波聚米

典出《後漢書．馬援傳》。東漢馬援堆米成山，以代地形模型，給皇帝分析軍事形勢、進軍計畫，講得十分明瞭。指軍事上分析地形，陳述軍事形勢、險要的地形。

索米長安

典出《漢書．東方朔傳》。漢武帝寵愛侏儒，東方朔藉著欺騙侏儒即將被皇帝殺光，獲得在武帝面前進言的機會，表示自己與侏儒身高差別懸殊，俸祿卻相同，侏儒飽得要命，自己卻餓得不得了，朝廷若要聘用人才，應該增加俸祿，不要迫使人自己上言求索長安的米糧。後用以喻自行向上位者求取薪俸。

麻姑擲米

典出晉葛洪《神仙傳》：「即求少許米主，得米便

以撒地……視其米皆成真珠。」指神仙用法術點化事物。也比喻運筆法點綴文字，使詩文作品新穎，別具一格。

數米而炊

典出《莊子．庚桑楚》：「簡髮而櫛，數米而炊。」「炊」指燒火做飯，數著米粒做飯。比喻計較小利，也形容生活困難。

【識別特徵】

一年生草本。葉披針形至線狀披針形，寬〇．八至一．五公分，長三十至六十公分；葉舌長〇．八至二公分；幼時有明顯的葉耳。疏鬆圓錐花序，成熟時向下彎垂，長約二十公分；小穗卵圓形，兩側扁壓，含三小花，下方二小花已退化；穎極退化，具芒；內稃有三脈。原產於亞洲熱帶地區，現已在全世界之熱帶、亞熱帶及溫帶地區廣泛栽培，為重要的糧食作物。

蔗

食蔗從稍。筵前舞蔗。

今名：甘蔗
學名：*Saccharum sinensis* Roxb.
科別：禾本科

甘蔗以切斷的枝幹繁殖，由「本莖」生出叢生的枝幹，最後形成「正本少，庶本多；庶出者尤甘，故貴其庶」的情形，因此稱為「蔗」。由於枝幹眾多，古稱「諸蔗」，其他又有都蔗、芋蔗等不同稱呼。

甘蔗在戰國末葉，由廣東傳入楚地的湘、鄂（湖南、湖北）。兩漢之前，稱甘蔗為柘，文獻中最早提及這種植物的是西元前四世紀宋玉的〈招魂〉：「胹鱉炮羔，有柘漿些。」可知當時在楚國已經榨甘蔗汁（柘漿）為飲料了。西漢司馬相如的〈子虛賦〉則清楚指出雲夢大澤的產物中包括諸柘（甘蔗）及巴苴（芭蕉）兩種作物。

南北朝時，甘蔗由江西傳入江蘇、安徽南部；唐宋時，四川、福建亦有栽植。唐朝之前，甘蔗在中國主要當成飲料（榨汁）使用，或直接啃食，或將甘蔗汁曝曬成濃稠的飴，稱之為石蜜。甘蔗也是皇帝賞賜群臣的禮物，有載唐代宗賜郭汾陽王甘蔗二十條。直至唐太宗（西元六二七

至六五〇年）遣使至印度學會製糖技術之後，才大量栽植甘蔗供製砂糖。砂糖在宋朝時已相當普遍，如蘇東坡詩：「涪江與中泠，共此一味水。冰盤薦琥珀，何以糖霜美。」及黃魯直詩：「遠寄蔗霜知有味，勝於崔子水晶鹽」，糖霜即砂糖。

【成語典故】

食蔗從稍

語出《世說新語．排調》：「顧長康噉甘蔗，先食尾。人問所以，云：『漸至佳境。』」比喻情形逐漸好轉或興味漸濃。

筵前舞蔗

典出曹丕《典論．自敘》記載曹丕和數位將軍談兵法、論劍道。酒酣耳熱時，以手中正在啃食的甘蔗當作劍，在筵席前比劃交鋒，此謂「筵前舞蔗」。意謂習武、比武。

【識別特徵】

多年生高草本，稈粗壯，徑二至五公分，綠色至棕紅色，分主莖與分櫱莖。葉片闊而長，長可達一·五公尺，寬二·五至五公分，葉表面粗糙，葉緣有細鋸齒，葉片基部有葉鞘相連，葉鞘包住莖稈，每節一葉。圓錐花序，長四十至八十公分，主軸有白色絲狀毛，花開時花序呈白色；花序多節，穗軸逐漸斷落，小穗成對生於各節，一有柄，一無柄。原產於中南半島至印度，廣泛栽培於熱帶及亞熱帶地區。

今名：燕麥
學名：*Avena sativa* L.
科別：禾本科

燕麥

兔葵燕麥。

燕麥又名雀麥，李時珍《本草綱目》說：「此野麥也，燕雀所食，故名。」燕麥形態類似小麥，但植株較軟弱，葉也細小。據古人敘述以及按照兔葵燕麥、菟絲燕麥的涵義推敲，所指的植物也可能指野燕麥（*Avena fatua* Linn.）。野燕麥廣布於大陸南北各省，多生於荒蕪田野，即《農政全書》所言：「燕麥，田野處處有之」，而且自古「種麥者惡其害麥」。另有古詩歌云：「田中菟絲何常可絡？道邊燕麥何常可穫？」意思是說菟絲有「絲」字卻不能紡織，燕麥有「麥」字也不能收穫糧食，兩者都是徒具虛名。

野生燕麥種子可採集食用，補荒年糧食之不足，也可作為牛馬飼料；但由於會在麥田中消耗大量水分，且種子易混雜在小麥粒內，降低小麥品質，因此農民視為雜草。今日栽培的燕麥，大概是從歐洲西北部的野生燕麥所選育而來，除供麥片食用外，主要作為家畜飼料。世界目前穀類作物生產中，燕麥的栽植面積占第四位。

【成語典故】

兔葵燕麥

語出唐朝劉禹錫〈再遊玄都觀並引〉：「重遊玄都觀，蕩然無復一樹，唯兔葵燕麥動搖於春風耳。」形容荒涼蕭條的景象，慨歎人事滄桑而懷舊傷情。

【另見】 菟絲燕麥

【識別特徵】

一年生草本，高可達一公尺，有二至四節。葉鞘鬆弛、光滑；葉舌透明膜質，葉片長二十至三十公分，寬約一公分。頂生圓錐花序大而開展；小穗含二花，軸不易斷莖。兩穎等長，長約二公分，革質，有七至九脈，開展有如飛行中的燕子，故名燕麥。普通燕麥起源於地中海地區，大粒裸燕麥（*A.nuda* L.）則起源於中國。中國主要的燕麥產區在內蒙古、西北及華北地區。

蕉

寫遍芭蕉。蕉鹿之夢。

今名：芭蕉
學名：*Musa basjoo* S. et Z.
科別：芭蕉科

古書中的芭蕉泛指芭蕉屬植物，主要包括香蕉（*Musa nana* L.）、甘蕉（*M. sapienium* L.）等。蕉葉巨大，在紙張未普遍的古代，可供練習書法及繪畫之用，寫過畫過之後用水清洗即可重複使用。

唐朝大書法家懷素栽種萬餘株芭蕉，以便利用蕉葉來練習書法，稱為「綠天書屋」或「種紙」。後來的文人也喜歡在居室旁或庭院中廣植芭蕉，一者作為觀賞用，二者也可隨手取得蕉葉來以文會友。在酒酣飯飽之後，以蕉葉為紙抒發胸中情懷，此情此景就是所謂的「更展芭蕉夏學書」。

細雨此起彼落敲打在蕉葉上的聲音，串連成優美的節奏，不少文人雅士喜歡趁雨聽蕉聲，如張耒〈種芭蕉〉：「空山夜雨至，滴滴復蕭蕭。」清代蔣藹卿夫婦也是細雨芭蕉的愛好者，蔣寫下「是誰

多事種芭蕉，早也瀟瀟，晚也瀟瀟。」其夫人回應：「是君心緒太無聊，種了芭蕉，又怨芭蕉。」留下文壇佳話。芭蕉類主要產於東半球的熱帶地區，有些種類提供果蔬，有些種類（如蕉麻）的葉鞘富含纖維，是造紙及製繩的原料。

【成語典故】

寫遍芭蕉

典出北宋曾慥《類說》引陸羽撰〈懷素傳〉記載：唐書法家懷素擅長草書，酒興大發則題書於牆壁、衣裳或器皿上。因貧而無紙，遂種萬餘株芭蕉，以芭蕉葉來書寫。意謂勤學書法。

蕉鹿之夢

典出《列子．周穆王》記載：鄭國人氏上山打柴，遇鹿而殺之，恐人見之而藏於溝渠中，上覆以蕉葉。不久後欲取鹿而返，卻忘其所藏之地，遂以為夢焉。比喻夢幻之事或真假難辨之物。

【識別特徵】

多年生叢生高草本，由葉鞘緊密疊合成假莖，具根莖。葉片長橢圓形，長一．五至二．二公尺，寬二十五至三十公分，先端鈍，基部近圓形，葉表面鮮綠色，背面有白粉；葉柄粗短，長約三十公分。花序下垂，苞片紅褐色至紫色，被白粉，裡面深紅色。漿果三稜狀，長圓形，長十五至二十公分，幾近無柄；種子多數，黑色，具有疣突，徑〇．六至〇．八公分。原產於熱帶及亞熱帶地區。

薑

咬薑呷醋。薑桂餘辛。

今名：薑
學名：*Zingiber officinale* Rosc.
科別：薑科

薑是調味香料，也是重要的中藥藥材，生薑還可以做菜食。古時諸侯的「燕食」，列有三十一種食物，包括牛、鹿……椇、棗、栗、薑及桂等。孔子齋戒時不吃葷食及辛辣之物，唯獨「不撤薑食」，孔子照吃薑的原因是薑辣而不臭。

薑作為烹調用的調味香料，主要是用以去除肉類的腥羶之味，如張衡〈南都賦〉所言：「蘇蔱紫薑，拂徹羶腥」，紫薑為子薑。此外，薑在藥用上也有其地位，具有禦寒發汗、驅風化痰的療效。據說上山時口含生薑，可以「不犯霜露蒸濕及山嵐瘴氣」；《說文》提到薑，也說薑是「禦寒之菜也」。蘇東坡除偏愛東坡羹之外，也喜歡吃嫩薑，並譽稱其滋味是「先社薑芽勝肥肉」。

民間食薑也有禁忌，如《群芳譜》說「孕婦忌食，令而盈指」，意思是說薑芽看起來像是手掌上長有許多指頭，孕婦不能吃，以免生出多指小孩，這當然是無稽之談。東晉陶弘景說「生薑多食損智」，更是毫無科學根據。

【成語典故】

咬薑呷醋

語出宋朝陸游《老學庵筆記．卷六》：「戶度金倉，細酒肥羊……兵職駕庫，咬薑呷醋。」意謂節儉度日或形容生活清苦。

薑桂餘辛

語出宋朝李昂英〈水調歌頭．壽參政徐意一〉：「松柏蒼然長健，薑桂老來愈辣。勁氣九秋天，鯁鯁攖鱗語，不改鐵心堅。」比喻人愈老性格愈剛強。一作薑桂之性或薑桂之性，到老愈辣。

【另見】 薑桂之性

【識別特徵】

多年生草本，高可達八十公分；根莖肥厚，有芳香及辛辣味。葉排成二列，葉片披針形至線狀披針形，長十五至三十公分，寬二至二．五公分，無柄，具膜質葉舌。穗狀花序毬果狀，單獨自根莖抽出，外包以苞片，長四至五公分；花冠黃綠色，有紫色條紋及淡黃色斑點，瓣唇形；側生退化雄蕊與花冠裂片等長且合生，花絲長一至一．二公分；子房一室。蒴果橢圓形，徑約一公分。產於華中、西南及東部各省，全世界熱帶及亞熱帶地區均有分布。

薏苡

薏苡明珠。薏苡興謗。

今名：薏苡
學名：*Coix lachryma* 至 *jobi L.*
科別：禾本科

薏苡又名回回米、西番蜀秫、草珠。葉形如黍，開紅白色花，農曆五、六月間結實，果實灰白色至青白色，形如珠子，鄉間小孩以線串穿，作為戲耍玩具。薏苡舂米為飯，味道甘美。

《群芳譜》記載：薏苡「處處有之，交趾者子最大，出真定者佳。」據《後漢書》所載，馬援任職交趾時，經常煮薏苡仁食用，卸任回國時，載滿一車的薏苡仁返鄉；時人誤認所載者為明珠等珍寶。由於當時馬援正得寵，無人敢言，待馬援逝後，有人上書藉此事誣告。後世遂以薏苡興謗、薏苡明珠來比喻蒙受不實毀謗，如清朝朱彝尊〈曝書亭記．酬洪昇〉「梧桐夜雨詞淒絕，薏苡明珠謗偶然」。

薏苡剝去堅硬的外殼即為薏苡仁，可以蒸食及煮粥，也可磨粉做成麵，和米一同釀酒，是古代的充飢救荒食物。薏苡仁已成為目前食物療法中的補品，市面常見的「四神湯」所用的主材料即有薏苡仁。

薏苡也是重要的藥用植物，根能「殺蟲利水」；種仁可用來驅除蛔蟲，方法是「苡米煮乾糜食之」；常吃薏苡仁據說還可「強健耐飢」。

【成語典故】

薏苡明珠

典出南朝宋范曄《後漢書．馬援傳》：「南方薏苡實大。援欲以為種，軍還，載之一車。時人以為南土珍怪，權貴皆望之；援時方有寵，故莫以聞。及卒後，有上書譖之者，以為前所載還，皆明珠文犀。」意謂將薏苡錯當明珠，比喻故意顛倒黑白。一作薏苡之嫌。

薏苡興謗

語出《太平御覽》引司馬彪《續漢書》：「昔馬援以薏苡興謗，王陽以衣囊邀名，嫌疑之戒，願留意焉。」意謂蒙受不白之冤。

【識別特徵】

多年生草本，高可達一．五公尺。葉互生，線形至披針形，長二十至四十公分，寬一．五至三公分。花單性，雌雄同株，花序為腋生之總狀花序，小穗單生，雌雄同序；雄花位於雌花上部，由總苞中抽出。雄小穗二至三枚，其中一枚無柄；雌小穗亦二至三枚，僅一枚發育，外被一珠狀之灰白色、灰藍色或灰黑色骨質總苞，有光澤。穎果圓珠形，徑約○．六公分。種仁稱薏仁。分布於華北、東北及華南。

芋

懶殘煨芋。

今名：芋
學名：*Colocasia esculenta*（L.）Schott
科別：天南星科

芋原產亞洲，也是熱帶亞太地區重要糧食作物之一。地下莖肥大呈長圓形塊狀，富含澱粉及黏液，是很多民族的主要糧食。芋的根是鬚根，主莖稱為母芋，可生多粒小莖，稱為子芋，可供食用或繁殖。芋的葉片很大，葉柄長而多肉，叫芋柄。花朵有大大的佛焰苞片包著，花序呈肉穗狀，上部是雄花，基部是雌花。常見的品種有檳榔心芋（白色芋肉中散布許多紫紅色筋絡）麵芋、（白色芋肉），香味以前者較濃郁。

芋的嫩莖可做醬菜、炒食、煮湯或聞名的「芋粿」。芋的地下莖（芋頭）含有多量草酸鈣，會刺激口舌，有澀味，不可生吃，接觸到皮膚會有刺痛感。如果煮熟或浸醋則可分解草酸鈣結晶。除食用外，芋也有觀賞用的品種，如彩葉芋及斑葉芋等。

明朝《本草綱目》記載：芋子寬腸胃、療煩熱、

破宿血、去死肌。莖、葉敷瘡腫、治蛇蟲咬傷。芋頭性甘辛、性平、有小毒，歸腸、胃經；具有益胃、寬腸、通便、解毒、補中益肝腎、消腫止痛、益胃健脾、散結、調節中氣、化痰、添精益髓等功效；主治腫塊、痰核、瘰癧、便祕等病症。

【成語典故】

懶殘煨芋

典出唐朝袁郊《甘澤謠》。「懶殘」是唐天寶初衡嶽寺執役僧也，因性懶而食殘（好吃剩的食物），故號懶殘。傳說當時鄴侯李泌在寺中讀書，聽懶殘半夜誦經的聲音響徹山林，深覺此僧不凡，便去拜見。懶殘又罵又吐口水，李泌卻愈加恭敬。懶殘還將吃剩的半塊煨芋給李泌，李泌連忙接過吃掉。懶殘這才說：「謹慎少言，可做十年宰相。」後來李泌果然當了十年宰相。後以「懶殘分芋」指求取功名，或指與僧人往來。

【識別特徵】

莖縮短成地下球莖，圓形、橢圓形至卵圓形，球莖上有節並覆有棕色鱗片。葉互生，葉片盾狀卵形至略箭形，先端漸尖。葉片與葉柄交接處之葉面常有暗紫色斑。葉柄肉質，長而肥厚，綠、紅、紫或黑紫色，下部膨大成鞘，柄內有大量氣腔。佛焰花序，長六至三十公分，多不結子。原產亞洲南部的熱帶沼澤區。

鬯

七鬯不驚。

今名：鬱金、薑黃
學名：*Curcuma domestica* Valet.
科別：薑科

鬱金原產於印度和印尼。約於西元六世紀時，由阿拉伯人引入歐洲。但現今西方人已很少用此植物作為辛香料，多以薑替代之。中國主產於浙江、四川等地。冬季莖葉枯萎後採挖，摘取塊根，除去細根，蒸或煮至透心，乾燥。切片或打碎，生用，或礬水炒用。切面呈棕黑色，半透明，內皮層明顯；

藥材以質堅實，外皮皺紋細，斷面色黃者為佳。

鬱金的藥材品種有廣鬱金（黃鬱金）與川鬱金（黑鬱金）之分。廣鬱金主產於四川，為薑黃的塊根，色鮮黃；川鬱金主產於浙江溫州，又名溫鬱金，為鬱金的塊根，色暗灰。兩者功效相似而少異，廣鬱金偏於行氣解鬱，川鬱金偏於活血化瘀。

鬱金含主要油（揮發油）、薑黃素（curcumin）、澱粉、脂肪油等。能有活血行氣止痛，解鬱清心，利膽退黃，涼血。鬱金中的薑黃素，對肝臟損傷有保護作用，又能夠有效對抗皮膚癌和抑制老人癡呆

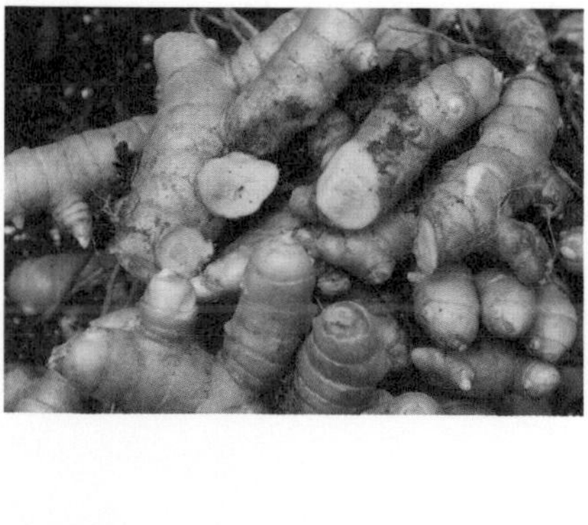

症。現代的研究發現，薑黃素能夠抑制皮膚黑素瘤中兩種用作維持癌細胞生長的蛋白，令黑素瘤自我毀滅，換言之可以有效對抗皮膚癌。

【成語典故】

匕鬯不驚

典出《周易．震》：「震驚百里，不喪匕鬯。」匕指古代的一種勺子；鬯指浸過鬱金的香酒，兩者都是古代宗廟祭祀用物。「匕鬯不驚」形容軍紀嚴明，所到之處，百姓安居，宗廟祭祀，照常進行。

【識別特徵】

多年生草本，根狀莖深黃色。葉橢圓形，長三十至六十公分，寬十五至二十公分，表面光滑無毛。葉柄長三十至五十公分。穗狀花序圓柱狀，長十二至十五公分，由根狀莖抽出；苞片淡綠色；花瓣唇狀，倒卵形，白色帶粉紅色。原產於熱帶亞洲，分布東南、西南等地區。

第七章　低等植物

低等植物指與高等植物相對的植物，是藻類、菌類和地衣的合稱。低等植物與高等植物的區別在於，高等植物有胚的結構，而低等植物在發育過程中不出現胚。構造上一般無組織分化，又稱無胚植物。成語中提到的低等植物只有多孔菌科，和藻、菌共生的地衣類松蘿等少數幾種。

多孔菌科絕大多數種類木生，少數地生，世界性分布。其中的靈芝類最重要的特徵是擔孢子具有兩層孢壁，外層壁無色而內層壁黃褐色，兩層壁間藉由黃褐色刺狀或網紋突起而分開，此特徵不見於其他多孔菌。靈芝類的第二項重要特徵是子實體具有樹狀分枝的骨骼菌絲。中國靈芝有九十八種，其中應用於保健藥品或做為研究材料者只有十四種，當中十三種是靈芝屬（*Ganoderma*），一種是假芝屬（*Amauroderma*）。國人常用做保健或醫用的為靈芝屬的靈芝（赤芝，或稱正靈芝）（*G. lucidum*）、紫芝（*G. sinense*）及松杉靈芝（*G. tsugae*）等。

松蘿（女蘿、接筋草）為藻和菌共生的地衣體，長絲狀，全長十至

四十公分，愈近前端分枝愈多愈細，枝體平滑，無粉芽或針芽，表面有很多白色環狀裂溝，橫斷面可見中央有線狀強韌性的中軸，具彈性，可拉長，由菌絲組成，其外為藻環，常由環狀溝紋分離成短筒狀。表面淡綠色至淡黃綠色。生於深山的老樹枝幹或高山岩石上，成懸垂條絲狀。尤其生於陰濕的林中，附生在針葉樹上。在陰暗潮濕的環境中，喜附生於雲杉、冷杉的樹枝上。

長松蘿別名樹挂、松上寄生。為松蘿科地衣類植物，原植體線狀，長達二十至一百公分，基部著生於樹皮上，下垂，密生細小而短的側枝，側枝長一至二公分，全體灰綠色。

芝

芝艾俱焚。芝蘭之化。
芝蘭玉樹。芝蘭之室。

靈芝有丹芝、玄芝、青芝、黃芝、白芝及紫芝等多種，皆長在朽木株上。此六芝都是古人所說的仙草或瑞草，「族種甚多，形色各異」。靈芝為珍罕之物，古人甚至相信「王者仁慈，則芝草生」，認為政治清明時，必會出現靈芝這種瑞草。

今名：靈芝
學名：*Ganoderma lucidum* (Leyss. *ex* Fr.) Karst.
科別：多孔菌科

詩經時代尚無靈芝的記載，視靈芝為祥瑞之物，並賦予神奇的效力，應該始自漢武帝。據《漢書．武帝紀》所載，漢武帝到處求取長生不老之藥，當時方士遂引經據典，稱靈芝為神仙之草，食之可以延年益壽。《抱朴子》也說：「玉脂芝，服一升，得一千歲也……令人身有光，所居暗地如月，可以夜視也。」由於靈芝深受重視，自漢朝以降，每有靈芝出現，官府必「設宴慶賀，或寫詩賦，或上表歌功頌德」一番，獻芝者還可以領賞，所謂「上有所好，下必甚焉」，因此獻芝者絡繹不絕。據載，宋徽宗政和五年，民間呈獻朝廷的靈芝就多達三十七萬支，不過宋朝的國運並未因此而改善。

靈芝雖無香味，但古人取其祥瑞之兆而視為香草，如唐朝楊炯的〈巫峽〉：「美人今何在？靈芝徒自芳」。此外，靈芝由香草再進一步引喻為高尚的品德，而產生「芝蘭之化」、「芝蘭玉樹」及「芝蘭之室」等成語。

【成語典故】

芝艾俱焚

語出《三國志．魏書．公孫度傳》：「若苗穢害田，隨風烈火，芝艾俱焚，安能自別乎？」芝是好的，艾是不好的，好壞俱焚，意謂無論貴賤賢愚均同歸於盡。

芝蘭之化

典出《孔子家語．六本》：「與善人居，如入芝蘭之室，久而不聞其香，即與之化矣。」比喻與善人交往，受其薰陶，潛移默化。

芝蘭玉樹

語出《晉書．謝安傳》：「譬如芝蘭玉樹，欲使其生於庭階耳。」意謂教養良好有出息的子弟。

芝蘭之室

典出《舊唐書》：「與善人言，如入芝蘭之室。」意謂品德高尚者所居之處，比喻良好的環境。

【另見】芝焚蕙歎

【識別特徵】

菌蓋（帽）木栓質，半圓形至腎形，徑十二至二十公分，厚約二公分。皮殼堅硬，初黃色，漸變為紅褐色，有光澤，邊緣薄而平截，稍微內捲。菌蓋背面菌肉白色至淺棕色，由無數菌管構成。菌柄側生，長可達二十公分，徑約四公分，紅褐色至紫色，有光澤。孢子褐色，卵形。常著生於殼斗科植物及其他闊葉樹木的樹幹上。

蘿

松蘿共倚。牽蘿補屋。

今名：松蘿
學名：*Usnea diffracta* Vain
科別：松蘿科

松蘿是絲狀地衣類，植物體的中軸部分為菌類構成，外面灰綠色部分為藻類組成，是菌類和藻類的共生體。分枝體有彈性，用手拉之略能伸長，開裂會露出強韌的中軸。植物體固著在樹幹或其他物體上，遠望有如一縷白絲懸掛其上。有時會布滿樹木枝幹，人行走在樹下，常會絲縷拂面，就如李白所描寫的「綠竹入幽徑，青蘿拂行衣」一般。

松蘿屬於著生植物，植物體可以自行光合作用，不會吸取所附著樹木的養分，與寄生植物不同。由於松蘿依附在他物上生長，因此古代詩詞及其他文學作品常用以比喻心情或情感上的依附或倚賴，如《詩經．小雅．頍弁》云：「蔦與女蘿，施于松柏」，此處女蘿即松蘿，以松蘿依附在松柏上，比喻周代的諸侯以周天子為靠山。

除了松蘿外，還有長松蘿（*Usnea longissima* Ach.），植物體較長，有時可達一百三十公分，不呈二叉狀分枝，側枝細短密生，成蜈蚣腳狀，因此又名「蜈蚣松蘿」，同樣生長山區的老樹枝幹上或溝谷岩壁上。

【成語典故】

松蘿共倚

語出元朝王子一《誤入桃源．第二折》：「我等本侍和他琴瑟相諧，松蘿共倚。」像松與蘿般相互依靠，比喻夫妻和睦相處，互相扶持。

牽蘿補屋

語出唐朝杜甫〈佳人〉：「侍婢賣珠回，牽蘿補茅屋。」拿藤蘿補房屋破洞，形容生活困苦或比喻將就湊合。

【識別特徵】

全為絲狀，長約五十至一百公分，灰綠色，全株呈二叉式分枝，基部較粗，直徑一至一．五公釐，愈近前端分枝愈多愈細。枝體平滑，枝表面有許多明顯的環狀白色裂溝，橫斷面具強韌彈性中軸，由菌絲構成，其外為藻環。子器盤狀，邊緣具毛狀枝，子囊棍棒狀，八個，橢圓形，有孢子。分布於中國大部分地區及日本、朝鮮半島，台灣則產於海拔一千公尺以上的山區。常自樹梢懸垂，或生於溝谷岩壁上。

【後記

中文歷史悠久，詞彙極為豐富，經過千年使用的文字，衍生許多膾炙人口的成語。這些成語經歷代文人和一般百姓的試煉，已形成中華文化和周邊漢文化影響國家語言邏輯的重要組織成分。在語言或文字的表達過程，適當地引用成語，可使文辭形象生動，收言簡意賅之效。古今中外的有名作家都會在行文之際，恰當地使用成語。成語在今人的語彙之中，仍扮演著畫龍點睛之角色。

中文成語數量龐大，根據最新出版的《中華成語辭海》（一九九九年建宏出版社）所收錄的成語大約有三萬七千則，大多為四字成語，少數為多至十字的諺語，如「啞子吃黃連，有苦說不出」。其中，包括涵義相近或相同、字序或同義不同字的同義成語，前者如「春風桃李」和「桃李春風」，後者如「攀葛附藤」、「攀藤附葛」、「攀藤攬葛」等，皆獨立計算。歷代不同時代相繼累積的成語可謂包羅萬象，多如牛毛。

在浩瀚的成語中，含有植物名稱的成語也有八百則以上，其中常見的有二百八十七則，姑且稱為「植物成語」，從「指桑罵槐」，引用最常見的桑樹及槐樹，到一般人不會留意的「黃楊厄閏」，以生活中使用並不多的黃楊作為成語的骨幹。

植物的特性與成語意涵

古人以植物的生態環境、特殊的形態、植物名稱的語音、植物體的氣味、植物的用途、生活習俗等，表達心中的意念，而形成成語。

（一）植物的生態

有些植物分布範圍很廣，各地可見，例如白茅，常生長在陽光充足的空地上，形成大面積分布。不常走的道路常長滿這種被稱為「茅草」的植物，阻塞原有的路面，必須砍除以後才能通行，產生「茅塞頓開」的成語。另外，黃荊和酸棗均屬於乾燥氣候的樹種，生長在土壤不肥沃的石礫地、廢棄地，開墾土地時常須費很大的氣力砍除這類植物，因此有「荊棘叢生」、「荊天棘地」、「披荊斬棘」等成語，比喻創業艱難或處境艱險。生態環境或特殊習性的植物還有許多，例如：冬葵這種植物，植株會隨著太陽移動，古人就用「葵藿傾葉」來表達臣子對國君的忠心；蒲柳是秋冬最早落葉的樹種之一，以「蒲柳之姿」喻人體早衰；浮萍形體極小，無固著根，植物體漂浮在水面上隨波逐流，而有「萍水相逢」、「萍蹤浪跡」的成語；鐵樹（蘇鐵）在北方不容易開花，或完全不開花，因此，難以做到或不可能實現的事物被稱為「鐵樹開花」。

（二）植物的形態

古人觀察到植物的特殊形態，應用到語彙中表達特別的意念，常有畫龍點睛的效果，例如：葛藤是一種藤本植物，常攀緣蔓爬到其他植物體上，「攀葛附藤」成為拉攏關係、趨炎附勢的常用成語；飛蓬植株矮小，枝葉胡亂著生，外表雜亂無章，形容一個人不修邊幅，稱「蓬頭垢面」，是取用植物的外形成章；秋冬之際，飛蓬遇強風則連根拔起，隨風滾動，所以用「飄蓬斷梗」、「飛蓬隨風」、「秋蓬離根」來形容漂泊無常、身世飄零；薏苡果實灰白至灰藍色，外形如珠寶，東漢馬援一車子的薏苡果實被誤認為珠寶，承受搜刮民脂民膏的不白之冤，自古即有「薏苡興謗」、「薏苡明珠」的表達方式，詩詞中使用尤多。

（三）植物的名稱

植物名稱的諧音，常被應用到詩詞歌賦的遣詞用句之中，有時候是雙關語。其中，詩人使用最多、應用最廣的例子是垂柳。垂柳簡稱柳，樹枝柔弱下垂，姿態宛如妙齡少女，而「柳」與「留」同音，古人送別時習慣折柳枝相贈，取其「留客」及「留念難捨」之意，因此有「灞橋折柳」的成語，即送別之意。另外，有利用植物名稱來襯托或反諷不具

體事實的成語「菟絲燕麥」。其中，菟絲為植物體柔軟纖細的藤蔓狀寄生植物；燕麥所指為一年生的野燕麥，果實極小，一般不收成果實，僅植物體採收做牲畜飼料。菟絲有「絲」之名而不能當成織物使用，野燕麥有「麥」之名而不能收成當穀物食用，古人因此用「菟絲燕麥」表達有名無實的概念。

（四）植物體的氣味

有些植物枝幹、花、葉、果實、種子等具有特殊香氣或惡臭，也常為古人所引用。自春秋戰國時代的《楚辭》伊始，歷代詩詞均不乏詠頌香草和香木、壓抑惡草和惡木的篇章，由是產生與氣味相關的成語。

桂花香氣濃郁，常在中秋節前後盛開，有「桂子飄香」一詞以喻佳景宜人；「蘭桂騰芳」，「蘭」是澤蘭，也是香草，用蘭桂之芬芳，比喻子孫昌盛；常和蘭並提的「蕙」、「芷」（白芷）等均為古代著名的香草，相關的成語有「蘭心蕙性」、「沅芷禮蘭」等，用香草的香氣表示善良高潔的心性或事物；肉桂和薑全株有香辣味，古今都視為調味料，而且愈老的植株，香味愈濃醇，用「薑桂之性」以喻人愈老愈堅強。

香氣以外的植物氣味，例如植株惡臭的蕕，被用來反襯香草。薰為香草，薰、蕕放置一處，蕕的臭味會掩蓋薰的香味，用「一薰一蕕」比喻污濁的惡事常凌駕在清新的善事之上；水蓼全株具辣味，也是古代的香辛調味料，「含蓼問疾」，用口含辣味的蓼葉，形容體恤民間疾苦；黃檗樹皮極苦，古人用「飲冰茹檗」表達境遇困苦的心情。

（五）植物的用途

和民生相關的重要經濟作物或林木也常應用到古今的語彙之中。其中，由於植物性狀特殊、枝條細長堅韌的杞柳，可彎曲成各種形狀，編製簍筐等器物，古人用「性猶杞柳」來喻人性本無善惡，可用教育方法改良之。常見的經濟林木桑、樟、槐、榆等也經常出現在成語之中，如「指桑罵槐」、「敬恭桑梓」、「桑榆暮景」等，這些植物太普遍了，所形成的語彙也相對繁多。相同的情況還有桃、李、梅等果樹，以及豆、麥、粟等糧食作物：前者所形成成語更多，有「桃李門牆」、「夭桃穠李」、「投桃報李」、「摽梅之候」、「青梅煮酒」等三十餘則；後者有「不辨菽麥」、「布帛菽粟」等二十餘則。

被古人視為毫無用途的植物，也有成語，例如臭椿（樗）和麻櫟（櫟）樹形多彎曲，材質亦不佳，不合世俗所用，古人用兩種植物自謙或自歎懷才不遇，謂之曰「樗櫟之才」或「樗櫟之身」。

（六）民俗和習慣

古人相沿成習產生的植物特殊意涵或信仰，在成語的形成過程中亦有其重要性。例如，菊花總在秋霜的季節盛開，古人常用以自況，謂「黃花晚節」，喻晚年面臨特殊變故還能保持高尚的節操。又如，古人多於九九重陽節賞菊，次日摘折菊花插在瓶中觀賞，故重陽節次日已無菊花，故用「明日黃花」喻過時的事物；菊花色黃，又名黃花。

黃荊自古即砍伐當作刑具，形成一種制度和習慣，後世遂視黃荊木為刑罰的象徵，有如今日之「藤條」，上位者或長輩常用「黃荊」及「藤條」管教下屬或晚輩以展示權威。因此，廉頗袒露上身，背負著有懲罰意味的荊杖去向藺相如認錯，即知名的「負荊請罪」故事。

在《詩經》時代起就認為萱草可以使人忘掉憂愁，成語「萱草忘憂」用以形容人有寄託、可排遣憂苦的心情。這些都是古人的信仰和習慣所形成，千年使用而根深柢固於國人心中的著名詞彙。

成語中的植物分析

在八百則有特定植物名稱的成語之中，共包含了百餘種植物，統計三百則常用的植物成語中，出現最多成語的為桃，共有「桃源避秦」、「人面桃花」、「夭桃穠李」等二十則成語提到「桃」字；其次為柳，有「敗柳殘花」、「花街柳巷」、「眠花夜柳」等十八則。其餘，出現成語較多的植物依次為李，十五句；蘭（澤蘭），十五句；竹，十三句；桑，十二句；蓬（飛蓬），十一句；粟（小米），十句；茅（白茅）、棘（酸棗）、荊（黃荊）豆、匏、瓜等，均出現九句。

這些出現成語句較多的植物，均為分布栽植普遍的樹種，如：柳為栽植於水岸的觀賞植物；桃、李為果樹；桑、竹均為農村住宅必種的經濟植物；白茅適應性強，大江南北的開闊地均有分布。至於其他不在此列的植物，則均與古代民眾生活習性相關。

成語的語源

中文成語數量龐大，來源亦五花八門：有源自古代神話故事者，如夸父追日、精衛填海、黃粱一夢、女媧補天等；源自古代寓言故事者，如刻舟求劍、狐假虎威、愚公移山、東施效顰等；源自歷史故事者，如負荊請罪、破釜沉舟、完璧歸趙、風聲鶴唳等；源自中國古代文學作品者，如老驥伏櫪、青出於藍、囫圇吞棗、蓽路藍縷等；也有來自外來文化者，如功德無量、火中取栗等。

從「成語植物」來源的文獻類別分析，得知成語的語源構成如下：

（一）詩詞歌賦

從中國最早的詩歌總集《詩經》、《楚辭》，到《漢賦》、《古樂府》及歷代詩詞曲等，占約百分之三十三；其中以《詩經》來源的成語最多，占詩詞歌賦項下的三分之一強。源自《詩經》的成語，如「敬恭桑梓」語出《小雅．小弁》：「維桑與梓，必恭敬止。」「甘棠遺愛」語出《召南．甘棠》：「蔽芾甘棠，勿翦勿敗，召伯所憩。」源自《楚辭》的有「春蘭秋菊」，出自《九歌．禮魂》：「春蘭兮秋菊，長無絕兮終古。」「青梅竹馬」出自唐代李白的〈長干行〉詩句：「郎騎竹馬來，繞床弄青梅。」著名的「紅杏出牆」則出自南宋葉靖逸〈遊園不值〉詩句：「春色滿園關不住，一枝紅杏出牆來。」

（二）史書

出自正史的歷史故事，含植物名稱的成語占百分之三十一點四，包括《史記》、《漢書》、《宋史》、《晉史》、《三國志》等；例如：「披荊斬棘」出自《後漢書・馮異傳》，「負荊請罪」出自《史記・廉頗藺相如傳》，「屑榆為粥」出自《新唐書・陽城傳》，「薑桂之性」源自《宋史・晏敦復傳》。

（三）諸子百家

出自歷代知名學者的專著，包括《孟子》、《論語》、《莊子》、《荀子》、《韓非子》、《淮南子》等，共占百分之十六點五；例如：「陋巷簞瓢」出自《論語・雍也》篇，「簞食壺漿」出自《孟子・梁惠王下〉篇，「桑榆暮景」出自《淮南子・說林訓》，「落葉知秋」出自《淮南子・說山訓》，「青出於藍」出自《荀子・勸學》篇。

（四）歷代小說

包括《金瓶梅》、《紅樓夢》、《儒林外史》、《兒女英雄傳》、《三國演義》、《水滸傳》等章回小說及其他志怪小說、筆記小說等，共占百分之六；例如「眠花宿柳」和「竹籃打水」出自《金瓶梅》，「指桑罵槐」出自《金瓶梅》和《紅樓夢》等。

（五）其他

如《周易》、《禮記》、《孝經》等經書，《世說新語》、《清異錄》、《太平御覽》、《太平廣記》、《酉陽雜俎》、《昭明文選》等編著，約占百分之二十三點三；例如「拔茅連茹」出自《周易》，「望梅止渴」出自《世說新語》，「杏林春滿」出自《太平廣記》等。

【學名索引

D E F

G H I J K

L M N

O P Q

R S T

【主要參考文獻】

（依書名筆畫序／版本／作者／年代）

三國演義／台北國學出版社 1976 年排印本／羅貫中／明

三農記校釋／清・張宗法原著／北京農業出版社／鄒介正、劉乃壯、謝庚華、江君謨／1989

中國花經／上海文化出版社／陳俊愉、程緒珂主編／1990

中國野生果樹／北京中國農業出版社／劉孟軍主編／1998

中國植物志・第二十二卷／北京科學出版社／黃成就等／1998

中華成語辭海／台北建宏出版社／劉萬國、侯文富主編／1999

元詩選（上）（下）／台北世界書局 1982 年影印本／顧嗣立／清

太平御覽／夏劍欽、王巽齋校點／石家庄河北教育出版社 1994 年排印本／李昉／宋

太平廣記／台北古新書局 1980 年排印本／李昉／宋

毛詩鄭箋／重刊相臺岳氏本／台北學海出版社 1999 年影印／鄭玄／西漢

水滸傳／台北建宏出版社 1994 年客與堂本排印本／施耐庵、羅貫中／元

古今圖書集成・草木典／雍正銅活字排印本／上海文藝出版社 1999 年影印本／陳夢雷原緝／蔣廷錫重緝／清

史記／北京中華書局 1959 年排印本／司馬遷／西漢

全宋詞（一至五冊）／北京中華書局／唐圭璋／1965

全明詞（一至六冊）／北京中華書局／張璋等／2004

全明詞補編（一）（二）／浙江大學出版社／周明初、葉曄／2007

全金元詞（上）（下）／北京中華書局／唐圭璋／1979

全金遼詩（上）（中）（下）／山西古籍出版社／闕鳳梧、康全聲／1999

全唐詩典故辭典（增訂本上、下）／武漢湖北辭書出版社／范之麟、吳庚舜主編／2001

西遊記／台北聯經出版事業公司 1991 年排印本／吳承恩／明

呂氏春秋／高誘注／台北藝文印書館 1974 年影印本／呂不韋等／秦

宋詩抄（一至四冊）／北京中華書局排印本／吳之振、呂留良、吳自牧／清

事物異名分類詞典／哈爾濱黑龍江人民出版社／鄭恢主編／2003

周禮／清嘉慶二十年阮元刻本／台北藝文印書館影印本／不詳／戰國

明詩綜（上）（下）／台北世界書局 1989 年影印本／朱彝尊／清

東魯王氏農書譯著／上海古籍出版社／繆啟愉、繆桂龍／2008／元朝王禎原著

金瓶梅／台北三民書局股份有限公司 1999 年排印本／蘭陵笑笑生／明

金瓶梅鑑賞辭典／上海世紀出版集團漢語大辭典出版社／陸逕主編／2005

紅樓夢／馮其庸校注／台北里仁書局 1983 年排印本／曹雪芹／清

紅樓夢鑑賞辭典／上海世紀出版集團漢語大辭典出版社／陸逕主編／2004

述異記／任昉／南朝梁

書經集註／仿宋精校善本／臺北新陸書局 1986 年十二月出版／蔡沈／宋

淮南子／高誘注道藏本／台北藝文印書館 1974 年影印／劉安等／西漢

植物古漢名圖考／鄭州大象出版社／高明乾、盧龍門主編

植物名實圖考（上）（下）／台北世界書局 1960 年排印本／吳其濬／清

植物名實圖考長篇（上）（下）／台北世界書局 1964 年排印本／吳其濬／清

楚辭章句／明萬曆馮紹祖觀妙齋刻本／台北藝文印書館 1974 年影印／王逸／東漢

楚辭補注／台北大安出版社 1999 年排印本／洪興祖／宋

楚辭釋／清光緒十二年成都尊經書院刊本／台北廣文書局有限公司 1972 影印本／王闓運／清

詩三家義集疏／吳格點校／台北明文書局 1988 年排印本／王先謙／清

齊東野語／北京中華書局 1983 年排印本／周密／宋

廣東新語／北京中華書局 1985 年排印本／屈大均／清

廣群芳譜／清康熙四十七年佩文齋索引本／台北新文豐出版公司 1980 年影印及編輯本／汪灝等／清

儒林外史／台北大中國圖書公司 1984 年排印本／吳敬梓／清

歷代典故辭典／台北建宏出版社／陸尊梧、李志江／1998

禮記／清嘉慶二十年阮元刻本／台北藝文印書館影印本／戴德／西漢

藝文類聚／汪紹楹校／上海世紀出版股份有限公司／上海古籍出版社 1965 年排印本／歐陽詢／唐

辭海・第八版／台北臺灣中華書局／臺灣中華書局辭海編輯委員會／1995

《成語典故植物學》 YN4014

作　　者　潘富俊
企畫主編　謝宜英
校　　對　潘富俊、李鳳珠、謝宜英
學名校對　邱顯壹
美術設計　吳文綺
總 編 輯　謝宜英
行銷主任　林智萱
行銷業務專員　張庭華
出 版 者　貓頭鷹出版 OWL PUBLISHING HOUSE
發 行 人　謝至平
事業群總經理　何飛鵬
發 行 所　英屬蓋曼群島商家庭傳媒股份有限公司城邦分公司
地　　址　115 台北市南港區昆陽街 16 號 8 樓
劃撥帳號　19863813 ／戶名：書虫股份有限公司

城邦讀書花園　www.cite.com.tw
購書服務信箱　service@cite.com.tw
購書服務專線　02-25007718；25007719（週一至週五 09:30-12:30；13:30-18:00）
24 小時傳真專線　02-25001990；25001991
香港發行所　城邦（香港）出版集團　電話：852-25086231 ／傳真：852-25789337
馬新發行所　城邦（馬新）出版集團　電話：603-90563833 ／傳真：603-90576622

印 製 廠　成陽印刷股份有限公司
初　　版　初版 4 刷
定　　價　新台幣 480 元 港幣 160 元
ISBN 978-986-262-314-5

讀者意見信箱 owl@cph.com.tw
【大量採購，請洽專線】(02)2500-1919

國家圖書館出版品預行編目 (CIP) 資料

成語典故植物學 / 潘富俊著 . -- 初版 . -- 臺北市：貓頭鷹出版：家庭傳媒城邦分公司發行，2017.1
面；　公分
ISBN 978-986-262-314-5(平裝)
1. 漢語詞典 2. 成語 3. 植物學

802.183　　105019800